90 FILMS CULTES À L'USAGE DES PERSONNES PRESSÉES

HENRIK LANGE

90 FILMS CULTES À L'USAGE DES PERSONNES PRESSÉES

çà et là

Titres originaux :
99 classic movies for people in a hurry (Suède)
&
80 romaner för dig som har brattom (Suède)

Traductions de Fanny Soubiran

FSC
www.fsc.org
MIXTE
Papier issu de sources responsables
FSC® C003309

Pocket, une marque d'Univers Poche, est un éditeur qui s'engage pour la préservation de son environnement et qui utilise du papier fabriqué à partir de bois provenant de forêts gérées de manière responsable.

ISBN : 978-2-266-21723-1

Composé par Nord Compo à Villeneuve-d'Ascq (Nord)
Imprimé en Espagne par Liberdúplex à Sant Llorenç d'Hortons (Barcelone)
en novembre 2012

POCKET – 12, avenue d'Italie – 75627 Paris Cedex 13

N° d'impression : 31759
Dépôt légal : décembre 2012
S21723/01

Alien, le huitième passager (1979)
Ridley Scott, 1937-

Votre note sur 5 :

Alien
le huitième
passager
oeuf d'alien
C'est un peu comme l'histoire du ver dans le fruit. Le vaisseau Nostromo embarque par hasard une forme de vie extraterrestre. Le lieutenant Ripley est alors confronté à cette épineuse question : comment faire comprendre à l'intrus qu'on ne veut pas de lui ?
Ne surtout pas l'entailler au risque de déclencher une coulée d'acide. Et puis l'alien aime bien s'inviter chez les gens avant d'éclore en tuant son hôte au passage. Aucun savoir-vivre, cet alien. En plus, il n'a même pas apporté de bouteille pour le dîner.
Ripley, qui en a assez de jouer les hôtesses, quitte la fête dans un vaisseau de sauvetage. Mais notre alien toujours en goguette s'invite à bord et Ripley est obligée de le mettre à la porte. Et même pas un merci, quel mufle !

Autant en emporte le vent (1939)
Victor Fleming, 1883-1949

Votre note sur 5 :

Autant en emporte le vent
Au Sud des États-Unis, peu avant la guerre de Sécession, Scarlett O'Hara fait référence en terme d'enquiquineuse. Elle veut bien d'Ashley, mais pas de Rhett.
Monsieur, vous n'êtes pas un gentle-man!
Vous vous êtes vue, made-moiselle?
La guerre éclate et Scarlett doit quitter sa plantation bien-aimée. Elle continue de snober Rhett.
Quand la guerre se termine, Scarlett finit par épouser Rhett mais, pas bête, il la quitte pour se venger.
Fran-chement, très chère, je n'en ai rien à cirer.

Bagdad Café (1987)
Percy Adlon, 1935-

Votre note sur 5 :

Bagdad Café
Jasmine, une Allemande, prend d'assaut un café en Californie.
Le Bagdad Café a pour habitués quelques curieux spécimens comme Rudi le peintre en décors de Hollywood et Debby la tatoueuse. Jasmine les remettra dans le droit chemin.
Jasmine accomplit sa mission en faisant un grand ménage façon blitzkrieg. Il en ressort un nouveau café et un nouvel ordre du monde. La suite consisterait à envahir le boui-boui voisin pour que Jasmine puisse agrandir son espace vital.

Barbarella (1968)
Roger Vadim, 1928-2000

Votre note sur 5 :

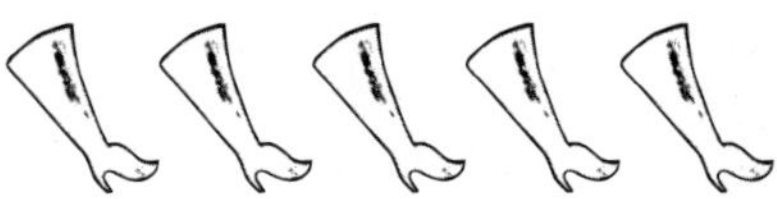

Barbarella
Jane Fonda est Barbarella : une aventurière spatiale dont le vaisseau tapissé de tentures est un vrai baisodrome.
Elle est envoyée à la recherche du savant Durand Durand avant qu'il ne détruise le monde.
The reflex is an only child. He's waiting in the park.
Durand Durand place Barbarella dans une machine censée la tuer d'un plaisir orgasmique intense. Mais Barbarella n'est pas la moitié d'une femme, elle résiste à la machine et la défonce. Certaines scènes peuvent heurter la sensibilité des enfants, paraît-il.

Blade Runner (1982)
Ridley Scott, 1937-

Votre note sur 5 :

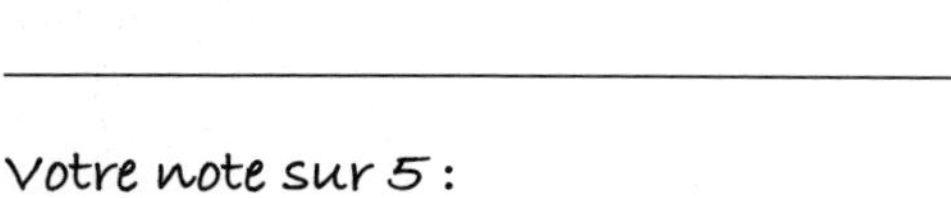

Blade Runner
R. Deckard est un blade runner dans un Los Angeles futuriste où il est chargé de chasser les réplicants (des faux humains). À Los Angeles. Incroyable.
POLICE
Deckard pourchasse et abat la plupart des réplicants. Et s'encanaille avec l'une des leurs, Rachel. C'est Los Angeles, il n'y a rien d'anormal à coucher avec des faux humains.
Deckard assiste finalement à la mort du chef des réplicants, Roy, qui donne un grand discours "J'ai vu des choses que vous ne croiriez pas..." mais il pense à Rachel. Écouter le discours de mecs en toc ? fantasmer sur des nanas artificielles ? et tout ça à Los Angeles ? Est-ce vraiment de la science-fiction ?

Boulevard du crépuscule (1950)
Billy Wilder, 1906-2002

Votre note sur 5 :

Boulevard du crépuscule
Norma est une star du cinéma muet complètement finie qui aimerait faire un come-back.
Joe représente la forme d'existence la plus primitive qui soit : Écrivain fauché à Hollywood.
Norma descend Joe (écrivain à Hollywood = pas une grande perte). Elle est arrêtée et passe de nouveau à l'écran.
C'est bon M. Delville, je suis prête pour le gros plan.

Brazil (1985)
Terry Gilliam, 1940-

Votre note sur 5 :

Brazil
Sam est une abeille ouvrière dans une société totalitaire fondée sur la technologie. Il travaille dans l'administration mais s'échappe en rêvassant.
Sam rencontre Harry Tuttle, ex-chauffagiste reconverti en terroriste, et lui prête main forte.
Le gouvernement torture Sam et l'exécute mais il est pris d'un délire qui le rend complètement béat.

Bullitt (1968)
Peter Yates, 1929-2011

Votre note sur 5 :

Bullitt
Frank Bullitt est chargé de protéger Ross, mafieux repenti, avant son témoignage à la cour. Mais Ross se fait descendre.
Bullitt l'a mauvaise, il part à la poursuite des méchants et sillonne San Francisco à toute berzingue dans sa Mustang.
Il comprend que le vrai Ross est toujours en vie et le coince dans un terminal d'aéroport. On ne la lui fait pas à Bullitt.

Casablanca (1942)
Michael Curtiz, 1886-1962

Votre note sur 5 :

Casablanca
Rick est le type le plus cool de tout Casa. On se l'arrache. Mais il ne veut de personne.
Or, même Rick a ses faiblesses, et sa plus grande est la belle Lisa. Sans parler des airs langoureux de Sam au piano. Ni de Paris. Ah, Paris !
Rick doit choisir entre la fille et la Résistance. Il ne choisit pas la fille. Rick n'est même pas français. Rick n'est pas malin non plus.

Certains l'aiment chaud (1959)
Billy Wilder, 1906-2002

Votre note sur 5 :

Certains l'aiment chaud
Joe et Jerry sont témoins d'un meurtre de la mafia et ils ont l'idée lumineuse de se déguiser en femmes pour prendre la fuite incognito.
Ils s'enrôlent dans une troupe de musiciennes qui compte dans ses rangs la chanteuse Sugar Kane. Nos deux acolytes tombent sous le charme. En même temps, qui résisterait à Marilyn Monroe ?
C'est Joe qui conquiert Sugar. Quant à Jerry, il est demandé en mariage par Osgood, un millionnaire qui sait très bien que Jerry est un mec, allez savoir...

Chantons sous la pluie (1952)
Stanley Donen, 1924-, et Gene Kelly, 1912-1996

Votre note sur 5 :

Chantons sous la pluie
Don Lockwood est un acteur qui sait chanter et danser et qui n'est pas homo.
Il danse sous la pluie sans jamais se vautrer et il aide Kathy à devenir célèbre. Et il est 100% hétéro. Sérieusement.
Don et Kathy tombent amoureux et vivent heureux... jusqu'à l'épisode suivant : Chantons sur un char à la Gay Pride. Et là, tout de suite, c'est plus clair.

Cinema Paradiso (1988)
Giuseppe Tornatore, 1956-

Votre note sur 5 :

Cinema Paradiso
Salvatore, cinéaste en vogue, apprend la mort d'Alfredo, le projectionniste de son village natal.
Il se remémore l'époque où Alfredo lui a appris à se servir d'un projecteur, faisant naître de grands rêves chez l'enfant qu'il était. Ouais, c'est la base pour démarrer une carrière.
Alfredo lui a légué une bobine qui renferme un montage de scènes de baiser. Salvatore la regarde et ne peut retenir ses larmes. Dommage qu'Alfredo n'ait pas fait son coming-out plus tôt.

Citizen Kane (1941)
Orson Welles, 1915-1985

Votre note sur 5 :

Citizen Kane
Un journaliste enquête sur le dernier mot de Charles Foster Kane : "rosebud". Kane était riche mais il lui manquait quelque chose.
"Rosebud"
Forcément, le truc qui lui manque, c'est le bonheur. Pourtant on pourrait croire que le fait de pouvoir se payer tout ce qu'on veut suffise à rendre un homme heureux. Qui serait malheureux au manoir de Xanadu ?
Il s'avère que Rosebud n'est autre que la luge de Hearst, euh pardon, de Kane. C'est ça, vous êtes plein aux as mais c'est votre luge qui vous manque. À d'autres.

Delicatessen (1991)
Marc Caro, 1956-, et Jean-Pierre Jeunet, 1953-

Votre note sur 5 :

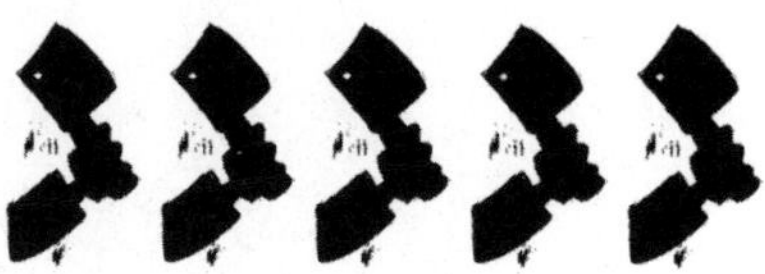

Delicatessen
Louison est embauché comme concierge dans un immeuble d'une France post-apocalyptique. C'est la nourriture qui fait désormais office de devise mais ici, on mange bien grâce au propriétaire des lieux, Clapet, qui est aussi boucher.
Louison tombe amoureux de la fille de Clapet, Julie, ce qui est plutôt judicieux puisque Clapet tue et dévore ses employés.
Julie aide Louison à échapper à son père qui meurt. Et ils vivent heureux pour le reste de leurs jours. Quant aux autres locataires, ils songent sérieusement à devenir végétariens.

Délivrance (1972)
John Boorman, 1933-

Votre note sur 5 :

Délivrance
Quand changer d'agence de voyages? Quand on vous vend un séjour "pêche sportive" au fin fond de la cambrousse américaine, idéal entre amis...
... et qu'en cours de route vous vous faites sodomiser par des péquenauds du cru.
Hurle gros cochon!
Si ça ne vous a pas plu, ne vous gênez pas pour descendre cette bande de dégénérés et, la prochaine fois, cliquez sur lastminute.com.

Diamants sur canapé (1961)
Blake Edwards, 1922-2010

Votre note sur 5 :

Diamants sur canapé
Paul est écrivain et gigolo. Sa mamie-gâteau lui paye un appartement en plein New York où il fait la connaissance de Holly Golightly, sa voisine.
Holly a la fièvre de l'or et s'entiche du premier venu pourvu qu'il soit riche. Elle aime aussi traîner dans les rayons du bijoutier Tiffany's.
À la fin, elle tombe amoureuse de Paul l'écrivain. Comme quoi même les pauvres types complètement pathétiques finissent par se maquer.

Dirty Dancing (1987)
Emile Ardolino, 1943-1993

Votre note sur 5 :

Dirty Dancing
C'est l'histoire d'un passage à l'âge adulte, celui de Frances Houseman, alias Bébé, en vacances dans une pension de l'Oregon avec ses parents (tout un programme !).
Ça ne rate pas, elle s'entiche de son prof de danse, Johnny Castle.
Il s'opère alors une espèce d'alchimie entre le brushing impec de Johnny et le grand nez de Bébé : ils enflamment le dancefloor pour le dernier bal de l'été. Et tous les mecs sont mortifiés de ne pas savoir danser comme Patrick Swayze.

Dr. Folamour ou : Comment j'ai appris à ne plus m'en faire et à aimer la bombe (1964)
Stanley Kubrick, 1928-1999

Votre note sur 5 :

Dr. Folamour
Pour compenser son impuissance sexuelle, le général Jack D. Ripper décide de bombarder l'URSS.
Le Président et le Dr. Folamour, ex-Nazi complètement psychopathe, tentent d'enrayer l'attaque mais découvrent que les Soviétiques disposent d'un système de représailles secret, "La Machine Infernale", qui fera sauter le monde. Pratique.
Le seul avion qui n'a pas pu être arrêté lâche une bombe alors qu'à son bord le Major "King" Kong se prépare à atterrir (ça vous rappelle un autre Texan puissant ?). Le monde explose et ça finit à peu près comme ça.

E.T. l'extraterrestre (1982)
Steven Spielberg, 1946-

Votre note sur 5 :

E.T.
l'extraterrestre
E.T. est un extraterrestre abandonné sur Terre par ses collègues. Sûrement à cause de son timbre de voix particulièrement irritant.
Le petit Elliot qui recueille la pauvre créature devient super collant. E.T. voudrait bien rentrer chez lui.
Téléphone maison
E.T. finit par convaincre ses collègues de revenir le chercher et de l'emmener le plus loin possible d'Elliot. Dans l'épisode 2, Elliot reçoit une injonction d'éloignement lui interdisant d'approcher E.T.

Easy Rider (1969)
Dennis Hopper, 1936-2010

Votre note sur 5 :

Easy Rider
Si je vous dis Dennis Hopper, vous voyez le topo ? Wyatt et Billy prennent pas mal de drogue. Et ils traversent l'Amérique en moto.
Ils dorment aussi à la belle étoile et tombent sur George, un avocat bien imbibé qui se fait tuer en Louisiane. Wyatt et Billy passent le Mardi Gras à la Nouvelle-Orléans et se gavent encore de drogue. Au fait, je vous ai dit que Hopper jouait aussi dans le film ?
Et qu'est-ce qu'on récolte avec cette vie de patachon ? Une bécane qui explose, et le motard avec. Au moins, ils auront essayé la drogue et les cheveux au vent.
Un certain temps, du moins.

Evil Dead (1981)
Sam Raimi, 1959-

Votre note sur 5 :

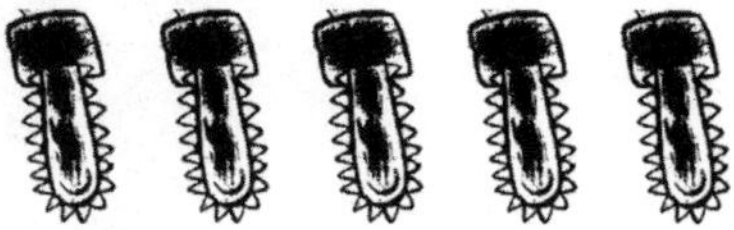

Evil Dead
Quel pitch inattendu pour un film d'horreur : cinq étudiants passent un week-end dans une cabane au fin fond du Tennessee. Conclusion : le Tennessee est maléfique.
Ils découvrent un livre et une cassette (dans le Sud, les gens ne savent pas lire) qui consignent les morts survenues dans cette cabane. Les forces du mal sont ainsi libérées et ces jeunes deviennent la proie des démons. Vous vous attendiez à quoi ? C'est le Tennessee.
Ash, le seul survivant, brûle le livre et les démons avec. Sauf un dernier qui s'en prend à lui. NE SOUS-ESTIMEZ PAS LA PUISSANCE MALÉFIQUE DU TENNESSEE.

Fight Club (1999)
David Fincher, 1962-

Votre note sur 5 :

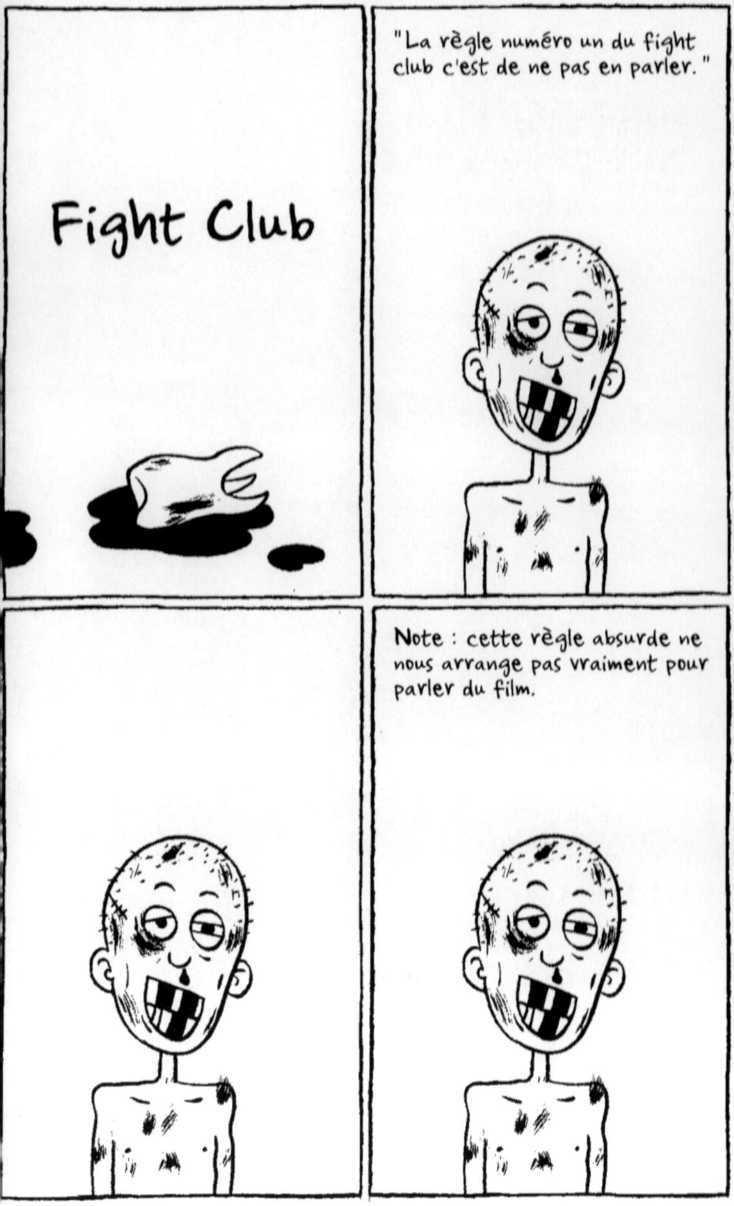
Fight Club
"La règle numéro un du fight club c'est de ne pas en parler."
Note : cette règle absurde ne nous arrange pas vraiment pour parler du film.

Forrest Gump (1994)
Robert Zemeckis, 1952-

Votre note sur 5 :

Forrest Gump
Forrest Gump est un mec un peu retardé qui vit en Alabama, du genre à discuter le bout de gras à l'arrêt de bus. Bref, le genre qu'on préfère éviter.
Mais on dirait qu'il surfe sur l'Histoire.
Et puis il arrive à se faire de l'argent et même à faire un gosse à son amie d'enfance. Le fils, heureusement pour lui, est plus vif que le père.

Karaté Kid (1984)
John G. Avildsen, 1935-

Votre note sur 5 :

Karaté
Kid
Daniel est un ado du New Jersey qui débarque en Californie et qui se fait tabasser. Il l'avait bien cherché.
Il demande à un certain Miyagi, un vieux cinglé, de lui apprendre le karaté pour faire la peau à ses bourreaux et regagner le cœur d'une fille. En fait, cette crapule de Miyagi lui fait faire toutes ses corvées.
Lustrer, frotter. mon cul.
Daniel met K.O. le méchant Cobra Kai grâce à une prise ridicule que n'importe quel débutant aurait esquivée. Et Miyagi mérite la prison pour exploitation de mineur.

King Kong (1933)
Merian C. Cooper, 1893-1973,
et Ernest B. Schoedsack, 1893-1979

Votre note sur 5 :

King Kong
Les mecs, écoutez bien cette histoire : King Kong se rend à un blind date sur son île natale, rencontre Anne et tombe amoureux.
En fait, c'est un guet-apens et on le ramène à New York pour être exhibé comme la huitième merveille du monde. Cela dit, il en pince toujours pour Anne.
Une fois le spectacle terminé, il essaie de relancer la machine et emmène Anne au sommet de l'Empire State Building en se disant que ça a marché pour Tom Hanks dans Nuits Blanches à Seattle. Mais il est abattu par des avions… et ridiculisé par Anne. Cette fois, c'est la belle qui tue la bête.

L'Ennemi public (1931)
William A. Wellman, 1896-1975

Votre note sur 5 :

L'Ennemi public
Tom Powers est un gangster et la preuve vivante que le crime paye : il est riche, il a des voitures et des filles. Et si on faisait un hold-up ?
Il se permet même des trucs fendards, genre écraser un pamplemousse à la face de sa petite amie. Le crime est roi ! Et si on dévalisait une épicerie ?
Ah, on est peut-être allés un peu vite en besogne : Tom se fait descendre et son agonie est interminable. Alors mollo sur le hold-up ! Mais pour l'épicerie, on n'a pas encore lâché l'affaire.

L'Étrange Créature du lac noir (1954)
Jack Arnold, 1916-1992

Votre note sur 5 :

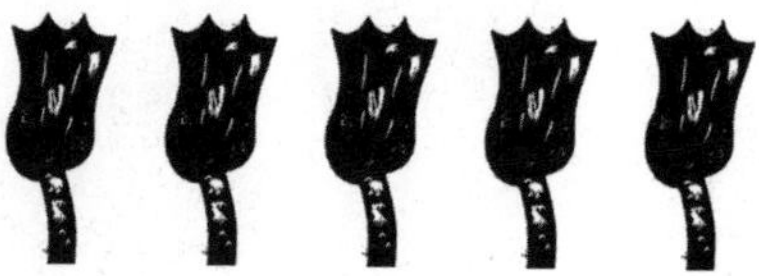

L'Étrange Créature du lac noir
Pauvre homme-poisson qui voit son lac envahi par tous ces humains bizarres. Il fait ce qu'il a à faire : il en tue quelques-uns.
Mais comme il n'y a pas de dame-poisson dans le lac, il a un petit faible pour Kay et l'emmène dans sa garçonnière.
Sauf que ces tarés d'humains pourchassent le mec-poisson et le trucident. Morale : on ne pique pas la copine d'un autre mec même si on est un monstre.

L'Exorciste (1973)
William Friedkin, 1935-

Votre note sur 5 :

L'Exorciste
Leçon à l'adresse des parents ; quand votre fille commence à parler dans d'autres langues et à se taillader, amenez-la d'urgence chez un psy.
Si ça ne marche pas et qu'elle se met à léviter en prétendant être le Diable, appelez un prêtre.
Si ça ne marche toujours pas et qu'elle tue le prêtre, alors laissez tout tomber et sacrifiez une chèvre à Satan. Vous verrez bien ce que ça donne.
?

L'Odyssée de l'African Queen (1951)
John Huston, 1906-1987

Votre note sur 5 :

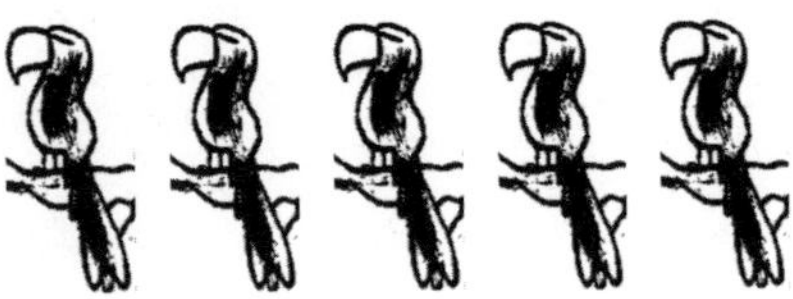

L'Odyssée de l'African Queen
Après que les Allemands ont conquis l'Afrique orientale et tué son frère, Rose Sayer embarque avec Charlie à bord de son rafiot, l'African Queen.
Rose fait une grosse bourde en jetant par-dessus bord la bouteille de gin de Charlie mais ils finissent quand même dans les bras l'un de l'autre. Comme quoi, il n'y a pas que l'alcool qui désinhibe.
Les Allemands les capturent et s'apprêtent à les tuer alors qu'ils viennent de se marier. Mais le bateau allemand explose et les deux tourtereaux prennent la fuite !

La Chatte sur un toit brûlant (1958)
Richard Brooks, 1912-1992

Votre note sur 5 :

La Chatte sur un toit brûlant
Maggie "la Chatte" tanne son mari Brick pour qu'il lui fasse l'amour dans la maison de Big Daddy. Le fond du problème c'est que ces gens ont besoin de changer de noms.
Brick nourrit une fascination secrète pour son ami Skipper qui s'est suicidé. À tous les coups, ils étaient plus qu'amis, ces deux-là. Big Daddy a un cancer.
Et personne n'a de vrai nom. Même le frère s'appelle Gooper. C'est le Sud des États-Unis.
En bon simulateur, Brick satisfait la requête de Maggie la Chatte. Big Daddy va mourir. Et Disney Channel n'a que l'embarras du choix pour nommer les personnages de sa prochaine série.

La Chose (1982)
John Carpenter, 1948-

Votre note sur 5 :

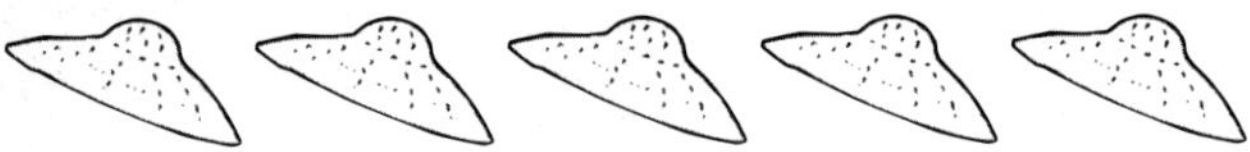

La Chose
En plein Antarctique un extraterrestre polymorphe est lâché dans la nature par des savants norvégiens. Ah, ils n'en ratent pas une, ces Norvégiens !
L'extraterrestre rejoint une base américaine. Personne ne sait qui est infecté : à qui faire confiance ? Eh ben, à personne !
Alors pourquoi ne pas tout faire sauter ? C'est l'Antarctique – de toute façon, avec le réchauffement climatique, ça aurait fondu tôt ou tard.

La Fureur de vivre (1955)
Nicholas Ray, 1911-1979

Votre note sur 5 :

La Fureur de vivre
Jim Stark est un lycéen rebelle dont le père est une carpette et la mère un monstre.
Il s'attire des ennuis, par exemple en jouant au premier qui se dégonfle dans des voitures volées au sommet d'une falaise. C'est malin comme petit jeu.
Le pote de Jim, Plato, est abattu par la police et Jim comprend qu'être rebelle, ça ne mène pas toujours à grand-chose. Côté hobby, il se rabattra probablement sur Star Trek. C'est moins dangereux.

La Guerre des étoiles (1977)
George Lucas, 1944-

Votre note sur 5 :

La Guerre des étoiles
Il y a bien longtemps dans une galaxie lointaine, très lointaine, le seigneur Sith Dark Vador qui a quelques petits problèmes avec sa paternité se met à faire sauter des planètes.
Pendant ce temps, Luke Skywalker, orphelin de père, part à la recherche de la princesse Leia avec Obi-Wan Kenobi, Han Solo et Chewbacca, la moumoute ambulante. Manque de pot, ils tombent sur l'Étoile Noire.
Et que fait Luke ? Bingo, il fait sauter l'étoile artificielle. Ça alors, on se demande de qui il tient cette fâcheuse manie ?

La Liste de Schindler (1993)
Steven Spielberg, 1946-

Votre note sur 5 :

La Liste de Schindler
Oskar Schindler est un Allemand qui fait fortune sur le dos des juifs pendant la seconde guerre mondiale.
Il s'en met vraiment plein les poches et se lie avec des dirigeants nazis comme Amon Göth qui est à la tête d'un camp de concentration.
Schindler prend conscience qu'il n'y a pas que l'argent qui compte et sauve autant de juifs qu'il peut, ce qui fait de lui un mauvais nazi mais un être humain.

La Mélodie du bonheur (1965)
Robert Wise, 1914-2005

Votre note sur 5 :

La Mélodie du bonheur
Maria est une future nonne qui est envoyée comme gouvernante chez le capitaine von Trapp et ses 7 enfants. Les gamins la détestent et sa manie de chanter à tue-tête les agace encore plus.
"Les gouttes de rosée sur les roses et les moustaches des chatons
Mais bon, c'est moins pire qu'Elsa, la fiancée du capitaine, alors les enfants font un effort pour supporter Maria et se mettent même à chanter. Le capitaine qui a un faible pour les bonnes sœurs décide de l'épouser.
Les nazis envahissent l'Autriche mais Maria leur casse tellement les oreilles qu'ils forcent la famille à quitter le pays.
Adieu, farewell, auf Wiedersehen, au revoir et ne revenez jamais!

La Momie (1932)
Karl Freund, 1890-1969

Votre note sur 5 :

La Momie
Tiré d'un bon gros somme de quelques milliers d'années, Imhotep ne s'est pas levé du bon pied. Il se trimballe en haillons et laisse quelques morts sur son passage.
En fait, il est à la recherche de son premier amour, la princesse Ank-Souh-Namun, qui, semble-t-il, s'est réincarnée en la personne d'Hélène et se trouve dans le coin. Ça tombe bien.
Avant qu'Imhotep ne s'apprête à momifier Hélène, celle-ci récite une prière à Isis et il disparaît. Comme quoi, parfois les prières, ça aide.

La Mort aux trousses (1959)
Alfred Hitchcock, 1899-1980

Votre note sur 5 :

La Mort aux trousses
Roger Thornhill n'a pas de chance, on le prend par erreur pour un espion et il est pris en filature à travers le pays.
Il est même pourchassé par un avion en plein champ mais parvient à l'éviter. Il faut dire que c'est motivant d'avoir la belle Ève dans l'histoire.
Il termine sur le mont Rushmore où il sauve Ève et tue les méchants.

La Prisonnière du désert (1956)
John Ford, 1894-1973

Votre note sur 5 :

La Prisonnière du désert
Ethan est un ancien soldat confédéré qui déteste tout le monde, et surtout les Indiens. Imaginez comme il est content quand les Indiens assassinent son frère et sa belle-sœur et enlèvent ses nièces. Autant dire que c'est l'euphorie.
Il passe les années suivantes à chercher sa nièce Debbie.
Ethan finit par retrouver Debbie qui est devenue une vraie squaw. Ethan qui est du genre romantique songe d'abord à tuer Debbie mais se ravise et bute simplement tous les Indiens.

La vie est belle (1946)
Frank Capra, 1897-1911

Votre note sur 5 :

La vie est belle
Ce pauvre George Bailey veut se suicider pour faire banquer l'assurance. Mais le Paradis le trouve ridicule et lui envoie Clarence, un ange un peu jeté.
Clarence montre à George ce que la vie serait sans lui : le crime et l'absence de morale règneraient et l'infâme M. Potter serait au pouvoir. En gros, ce serait vachement mieux. George a été puni pour avoir nommé sa fille Zuzu.
Une fois le trip sous acide terminé, George revient à la réalité, ses amis l'aident à s'en sortir et Clarence obtient sa paire d'ailes. Mais Zuzu devra se coltiner ce prénom improbable toute sa vie.

Lawrence d'Arabie (1962)
David Lean, 1908-1991

Votre note sur 5 :

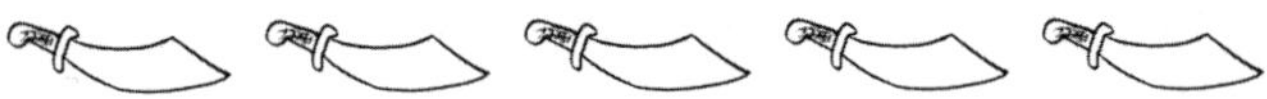

Lawrence d'Arabie
T.E. Lawrence est un officier britannique posté en Égypte pendant la première guerre mondiale et chargé d'enrôler des Arabes pour combattre les Turcs.
Lawrence parcourt le désert et gagne la confiance des Arabes en les aidant à conquérir des villes comme Aqaba. La guerre, c'est l'éclate !
Mais il est capturé par des Turcs, se fait violer et là, la guerre, c'est plus trop l'éclate. Il rentre au bercail en Angleterre et meurt dans un accident de moto, c'était bien la peine !

Le Bon, la Brute et le Truand (1966)
Sergio Leone, 1929-1989

Votre note sur 5 :

Le Bon, la Brute et le Truand
Blondin, Tuco et Sentenza sont tous en quête d'un trésor secret enseveli dans un cimetière.
Seul Blondin sait dans quelle tombe se trouve le trésor donc les autres ne peuvent pas le tuer. Mais de toute façon Blondin, c'est Clint Eastwood et qui pourrait tuer Clint, hein ???
Dans une scène de duel d'anthologie, Blondin gagne, Sentenza meurt et Tuco obtient sa part avant que Blondin ne s'éloigne à cheval dans le couchant.

Le Chien andalou (1929)
Luis Buñuel, 1900-1983

Votre note sur 5 :

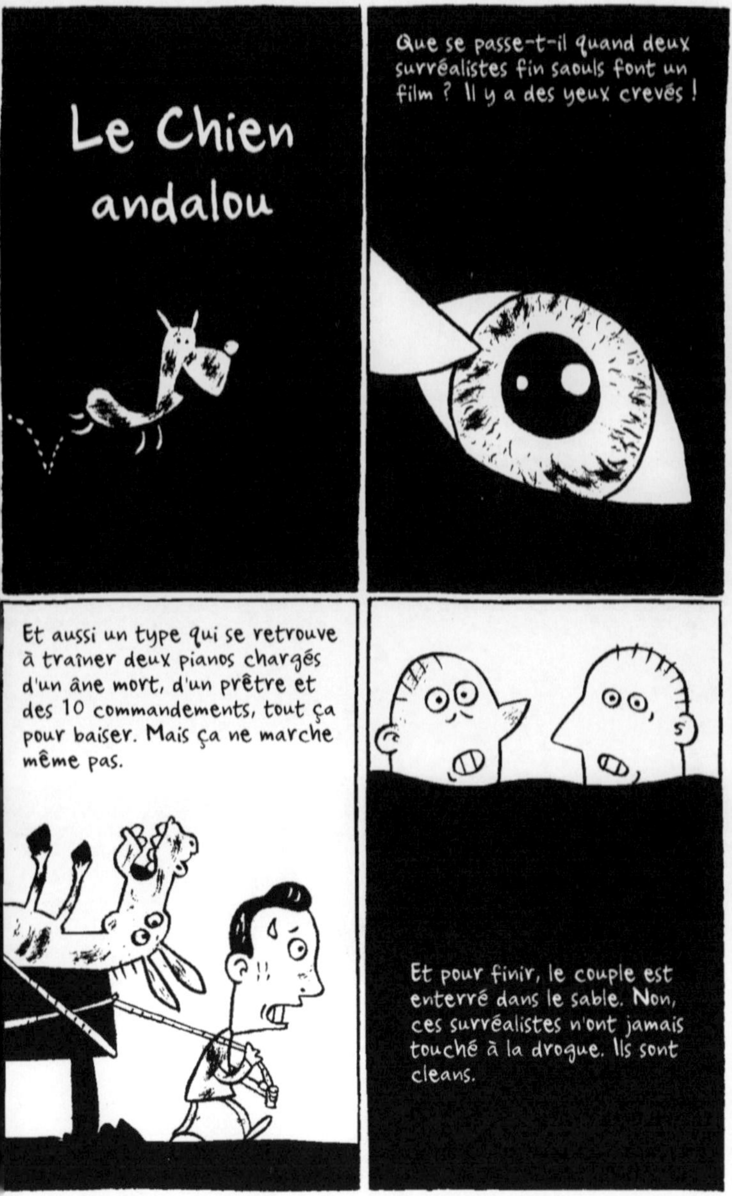
Le Chien andalou
Que se passe-t-il quand deux surréalistes fin saouls font un film ? Il y a des yeux crevés !
Et aussi un type qui se retrouve à traîner deux pianos chargés d'un âne mort, d'un prêtre et des 10 commandements, tout ça pour baiser. Mais ça ne marche même pas.
Et pour finir, le couple est enterré dans le sable. Non, ces surréalistes n'ont jamais touché à la drogue. Ils sont cleans.

Le Cuirassé Potemkine (1925)
Sergueï Eisenstein, 1898-1948

Votre note sur 5 :

★★★★★

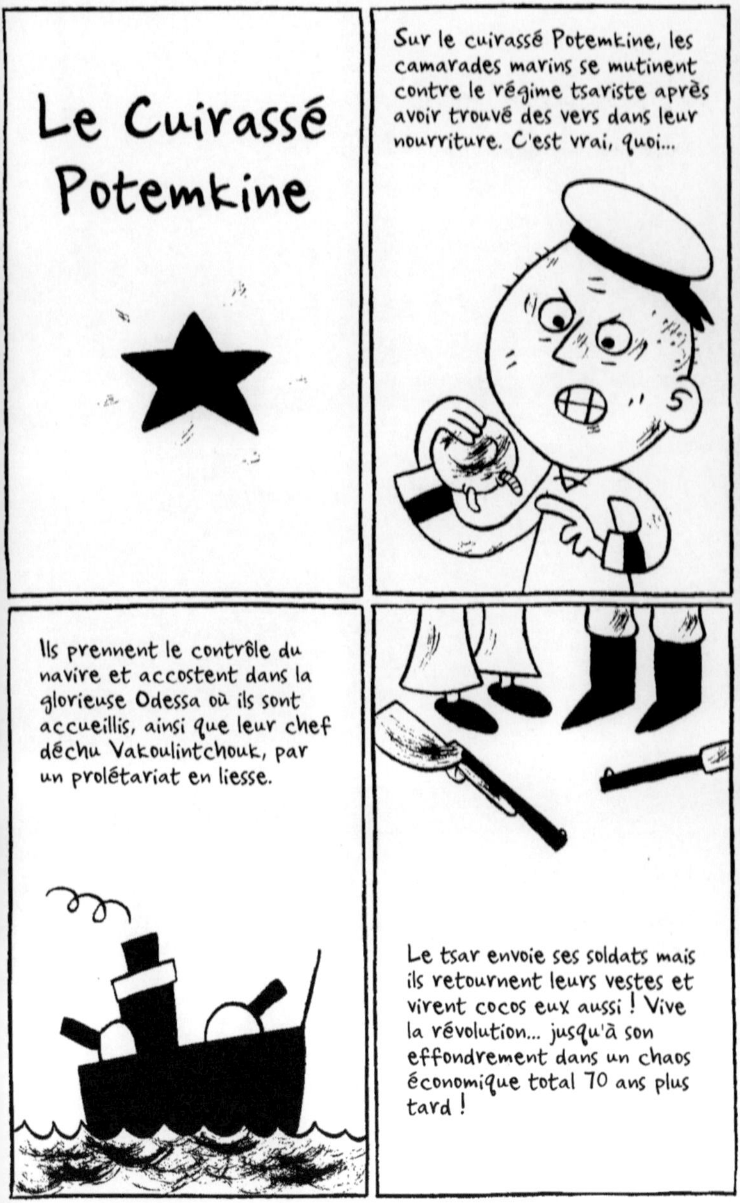
Le Cuirassé Potemkine
Sur le cuirassé Potemkine, les camarades marins se mutinent contre le régime tsariste après avoir trouvé des vers dans leur nourriture. C'est vrai, quoi...
Ils prennent le contrôle du navire et accostent dans la glorieuse Odessa où ils sont accueillis, ainsi que leur chef déchu Vakoulintchouk, par un prolétariat en liesse.
Le tsar envoie ses soldats mais ils retournent leurs vestes et virent cocos eux aussi ! Vive la révolution... jusqu'à son effondrement dans un chaos économique total 70 ans plus tard !

Le Dictateur (1940)
Charlie Chaplin, 1889-1977

Votre note sur 5 :

Le Dictateur
Charlie Chaplin joue à la fois un barbier juif et Adenoid Hynkel, le dictateur de Tomanie. Petit indice : Hynkel = Hitler.
Hynkel souhaite envahir l'Österlich et convainc Benzino Napaloni, dictateur allié, de l'y aider. S'ensuit une bataille de tartes à la crème. Comme quoi, les dictateurs aussi savent s'amuser !
Le barbier juif que l'on prend par erreur pour Hynkel fait un discours pour instaurer la démocratie en Tomanie. Et la comparaison avec Hitler s'arrête là.

Le Docteur Jivago (1965)
David Lean, 1908-1991

Votre note sur 5 :

Le Docteur Jivago
Youri Jivago est un orphelin hanté par la balalaïka qui a jadis appartenu à sa mère. Il ne sait pas en jouer mais il doit se la trimballer pendant 197 minutes.
Jivago a un problème pour lequel beaucoup seraient prêts à tuer : il a deux très belles femmes à ses pieds. Bref, malgré la Révolution russe, on a un peu de mal à le plaindre.
La guerre éclate et fait des morts, Jivago épouse Lara, a des enfants et meurt à son tour. Mais la balalaïka est toujours là. Un vrai boulet, ce truc.

Le Faucon maltais (1941)
John Huston, 1906-1987

Votre note sur 5 :

Le Faucon maltais
"La substance dont se forment les songes"
Sam Spade est un privé qui a la grande classe. Il est engagé par Brigid mais comprend vite que c'est une criminelle.
Tout le monde est à la recherche d'un faucon maltais à tomber par terre, soi-disant incrusté de pierres précieuses. Spade met la main dessus et doit le rendre à Gutman le Gros.
Le Gros s'aperçoit que le faucon est un faux mais laisse la vie à Spade qui dénonce toute la clique à la police, y compris la petite dame.

Le Garde du corps (1961)
Akira Kurosawa, 1910-1998

Votre note sur 5 :

Le Garde du corps
Sanjuro est un samouraï sans maître dans le Japon du 19è siècle. Il débarque dans un petit village en pleine guerre des gangs et accepte de bosser pour les deux camps.
Et comment s'y prend le samouraï dans ce cas ? Il dégaine son sabre et fait la leçon aux vauriens du coin ! Mais l'un d'eux, Unosuke, possède un pistolet. Comment faire ?
Il pourrait le tronçonner comme un sushi de base. Ce qu'il fait. Et puis il se casse. Au fond, c'est Sanjuro le salaud !

Le Grand Bleu (1988)
Luc Besson, 1959-

Votre note sur 5 :

Le Grand Bleu
Amis d'enfance devenus concurrents, Jacques Mayol et Enzo Molinari sont tous deux apnéistes professionnels (ça ne s'invente pas).
Mayol, qui s'apprête à battre le record du monde en Sicile, doit choisir entre la mer et la femme qu'il aime, Johanna, une Américaine.
Alors, les dauphins ou la petite Américaine sexy ? Dilemme cornélien... Il choisira les dauphins. Mais vous ne pouvez pas comprendre, vous n'êtes jamais sorti avec un dauphin.

Le Lagon bleu (1980)
Randal Kleiser, 1946-

Votre note sur 5 :

Le Lagon bleu
Emmeline et Richard sont deux jeunes enfants qui font naufrage sur une île tropicale.
Ils deviennent de jeunes adultes super sexys qui passent leurs journées à pêcher et à se baigner. Ils découvrent le sexe et la vie est belle.
Et puis Emmeline tombe enceinte alors naturellement les choses se compliquent. Persuadés que leur fils a ingéré des baies empoisonnées, ils essaient de se tuer de la même façon mais sont sauvés in extremis par un bateau de passage. La prochaine fois ils iront au Club Med.

Le Magicien d'Oz (1939)
Victor Fleming, 1883-1949

Votre note sur 5 :

Le Magicien d'Oz
Emportée par une tornade, Dorothée atterrit au pays d'Oz où elle est accueillie par des Munchkins. Elle se met la Méchante Sorcière de l'Ouest à dos et part à la recherche du Magicien.
En chemin, elle rencontre un lion, un homme de fer et un épouvantail. Il y a même des singes volants.
Elle se débarrasse de la Sorcière en l'aspergeant d'eau, claque des talons et s'en retourne au Kansas.

Le Parrain (1972)
Francis Ford Coppola, 1939-

Votre note sur 5 :

Le Parrain
Le business en trois leçons selon Vito Corleone.
Leçon n°1 : tuer le cheval de votre ennemi.
Leçon n°2 : tuer le commissaire de police véreux.
Leçon n°3 : tuer tous vos ennemis pendant le baptême de votre neveu.

Le Pont de la rivière Kwaï (1957)
David Lean, 1908-1991

Votre note sur 5 :

Le Pont de la rivière Kwaï
Dans un camp de prisonniers organisé par des Japonais, le Colonel Nicholson, officier britannique, se met en grève et refuse que ses soldats construisent un pont. L'histoire a été écrite par un Français, gardez-le en tête.
La grève fonctionne (c'est écrit par un Français) mais voilà que Nicholson devient obnubilé par l'idée de construire le pont. Faudrait savoir...
Un commando est envoyé pour faire sauter le pont mais Nicholson essaie de les en empêcher. Ça devient pathologique, là. À la fin, il comprend son erreur, fait exploser le pont, et lui avec.

Le Rock du bagne (1957)
Richard Thorpe, 1896-1991

Votre note sur 5 :

Le Rock du bagne
Elvis est Vince Everett : un voyou bon à rien qui a l'intention de révolutionner le rock'n'roll. Il est envoyé en prison et monte un groupe.
Everett sort de prison et rencontre Peggy. Ils montent un label et Everett devient une rock-star. Il ferait mieux de jouer du Glenn Miller, ça passe mieux.
Everett prend la grosse tête et il faudra qu'un de ses codétenus lui mette la pâtée pour qu'il comprenne la leçon.
Tout ça à cause de cette musique de dégénérés.

Le Septième Sceau (1957)
Ingmar Bergman, 1918-2007

Votre note sur 5 :

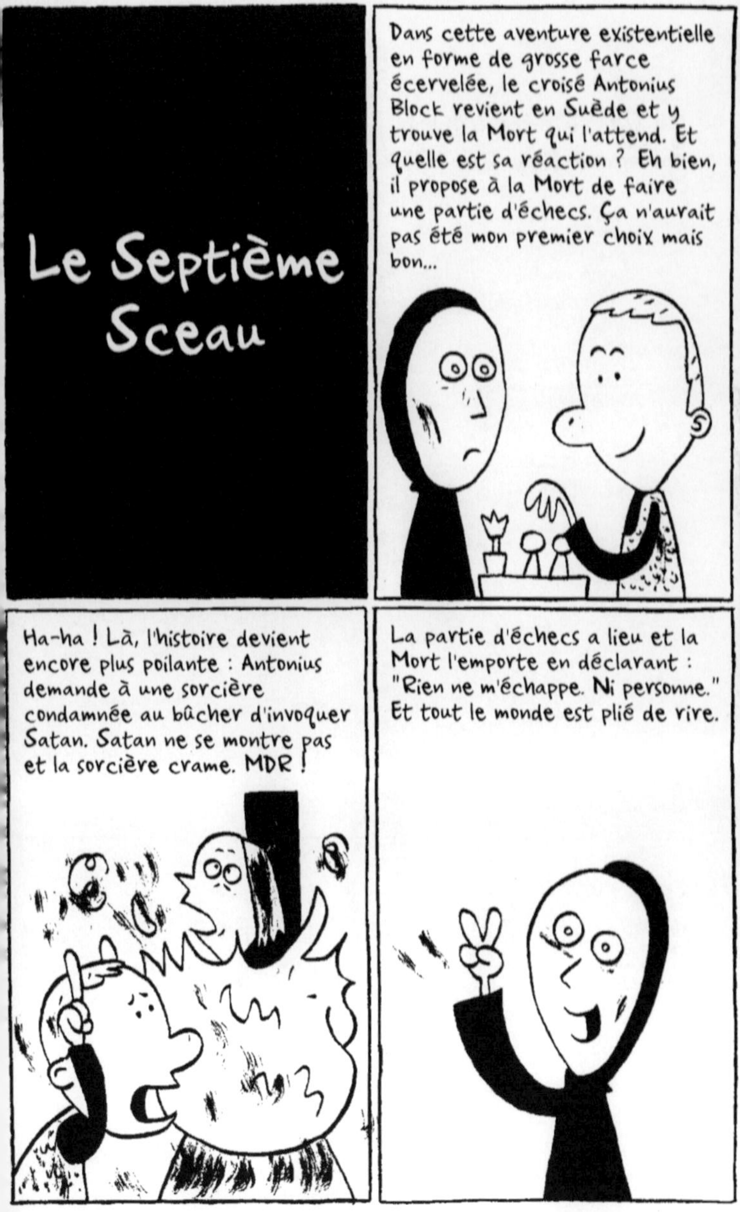
Le Septième Sceau
Dans cette aventure existentielle en forme de grosse farce écervelée, le croisé Antonius Block revient en Suède et y trouve la Mort qui l'attend. Et quelle est sa réaction ? Eh bien, il propose à la Mort de faire une partie d'échecs. Ça n'aurait pas été mon premier choix mais bon...
Ha-ha ! Là, l'histoire devient encore plus poilante : Antonius demande à une sorcière condamnée au bûcher d'invoquer Satan. Satan ne se montre pas et la sorcière crame. MDR !
La partie d'échecs a lieu et la Mort l'emporte en déclarant : "Rien ne m'échappe. Ni personne." Et tout le monde est plié de rire.

Le Silence des agneaux (1991)
Jonathan Demme, 1944-

Votre note sur 5 :

Le Silence des agneaux
Clarice est stagiaire au FBI et on l'envoie interroger ce bon vieux Hannibal Lecter, un cannibale avec de l'humour, pour tâcher de résoudre l'affaire "Buffalo Bill".
Dans un moment de bouffonnerie enjouée, Hannibal s'échappe de prison en tuant deux policiers. Clarice retrouve "Buffalo Bill" et le tue.
Quant à Lecter, il bouffe son ancien psy. Bref tout le monde y trouve son compte au final.

Le Testament du Docteur Mabuse (1933)
Fritz Lang, 1890-1976

Votre note sur 5 :

Le Testament du Docteur Mabuse
Ce petit film sert de testament à la chose écrite. Le Dr Mabuse est un fou qui consigne des idées de crimes par écrit avant de mourir.
Sauf que Baum, son psy, fait commettre ces crimes par son gang. Morale : ne jamais faire confiance à un psy.
La police capture Baum et comme il est cinglé, lui aussi, il prétend être Mabuse et déchire le testament. Ce qui conduira à l'essor des livres audio.

Le Voleur de Bicyclette (1948)
Vittorio de Sica, 1901-1974

Votre note sur 5 :

Le Voleur de Bicyclette
Bicyclette
+ Voleur
= film existentiel européen.
La prochaine fois, pensez au cadenas.

Les Aventuriers de l'Arche perdue (1981)
Steven Spielberg, 1946-

Votre note sur 5 :

Les Aventuriers de l'Arche perdue
Indiana Jones a pour mission de remettre l'archéologie au goût du jour. Il découvre plein de trésors, il a un chapeau super cool, et tout ça, en évitant les flèches ennemies.
Il a aussi un faible pour Marion qui est grosso modo une alcoolo exilée au Népal.
Et il fait la course avec les nazis pour retrouver l'Arche perdue.
Il gagne, l'Arche fait disparaître les méchants et tombe aux oubliettes dans un entrepôt américain.
Vive l'Amérique !

Les Canons de Navarone (1961)
J. Lee Thompson, 1914-2002

Votre note sur 5 :

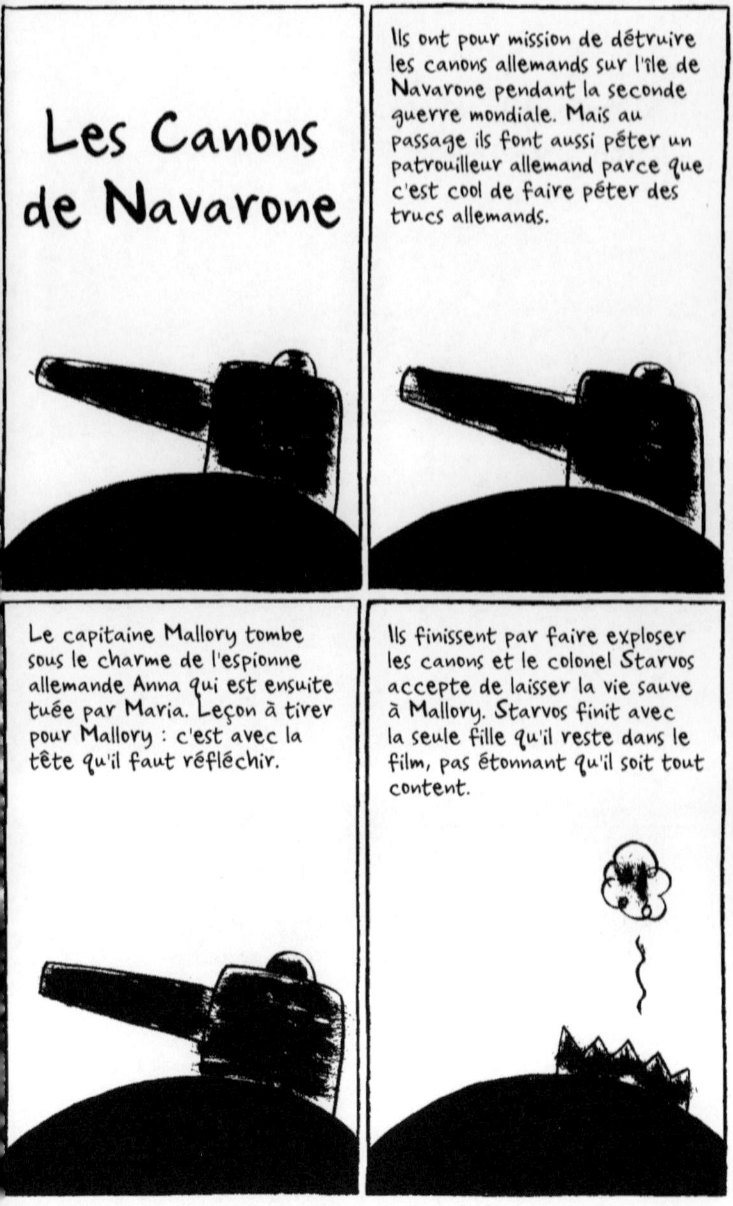
Les Canons de Navarone
Ils ont pour mission de détruire les canons allemands sur l'île de Navarone pendant la seconde guerre mondiale. Mais au passage ils font aussi péter un patrouilleur allemand parce que c'est cool de faire péter des trucs allemands.
Le capitaine Mallory tombe sous le charme de l'espionne allemande Anna qui est ensuite tuée par Maria. Leçon à tirer pour Mallory : c'est avec la tête qu'il faut réfléchir.
Ils finissent par faire exploser les canons et le colonel Starvos accepte de laisser la vie sauve à Mallory. Starvos finit avec la seule fille qu'il reste dans le film, pas étonnant qu'il soit tout content.

Les Dents de la mer (1975)
Steven Spielberg, 1946-

Votre note sur 5 :

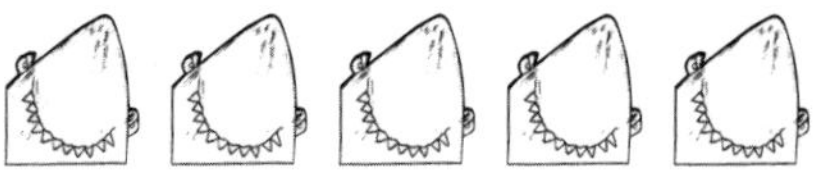

Les Dents de la mer
Que faire en présence d'un requin ? Je vais vous dire ce qu'il ne faut surtout pas faire : se baigner !
Mais les gens n'écoutent rien. Et même s'il y a un requin affamé qui rôde, ils se baignent. Et le requin, il est trop jouasse.
Alors comment se débarrasser d'un requin ? Trouver un pêcheur éméché et dynamiter la bête. Affaire classée.

Les Désaxés (1961)
John Huston, 1906-1987

Votre note sur 5 :

Les Désaxés
Roslyn (Marilyn Monroe) est une femme sublime qui rencontre à Reno un cow-boy nommé Gay. Non, ce n'est pas une blague, le cow-boy s'appelle vraiment Gay.
Gay a la brillante idée de vendre des chevaux sauvages pour en faire de la pâtée pour chiens. Roslyn n'apprécie que très moyennement le concept. Il y a conflit.
Tandis que Roslyn tâche de sauver les chevaux, personne ne sort indemne de l'histoire. La plupart des acteurs meurent peu de temps après la sortie du film, tout comme le mariage de Miller et Monroe. Bref, super karma, ce film.

Les Sept Samouraïs (1954)
Akira Kurosawa, 1910-1998

Votre note sur 5 :

Les Sept Samouraïs
Dans le Japon du 16e siècle, des paysans recrutent sept samouraïs pour combattre des bandits.
Les samouraïs se battent contre les méchants. Le chef des bandits tire une balle dans le dos de l'un des samouraïs. Efficace mais pas très fair-play. Il n'en a plus pour longtemps, le chef des bandits.
À la fin, les paysans sont bien contents d'être débarrassés des bandits. Et les samouraïs se rendent compte qu'ils n'ont rien gagné au change puisque la plupart d'entre eux sont morts et qu'ils ont juste été nourris, rien de plus. Il est temps de se syndiquer !

Les Vacances de Monsieur Hulot (1953)
Jacques Tati, 1907-1982

Votre note sur 5 :

Les Vacances de Monsieur Hulot
M. Hulot est un Français en vacances qui n'aurait jamais dû sortir de chez lui. Il lui arrive un tas d'embrouilles rigolotes sur la plage.
Ensuite, il se retrouve à un enterrement. Et la farce continue.
Mais c'est le lot de tous les Français au mois d'août.

Liaison fatale (1987)
Adrian Lyne, 1941-

Votre note sur 5 :

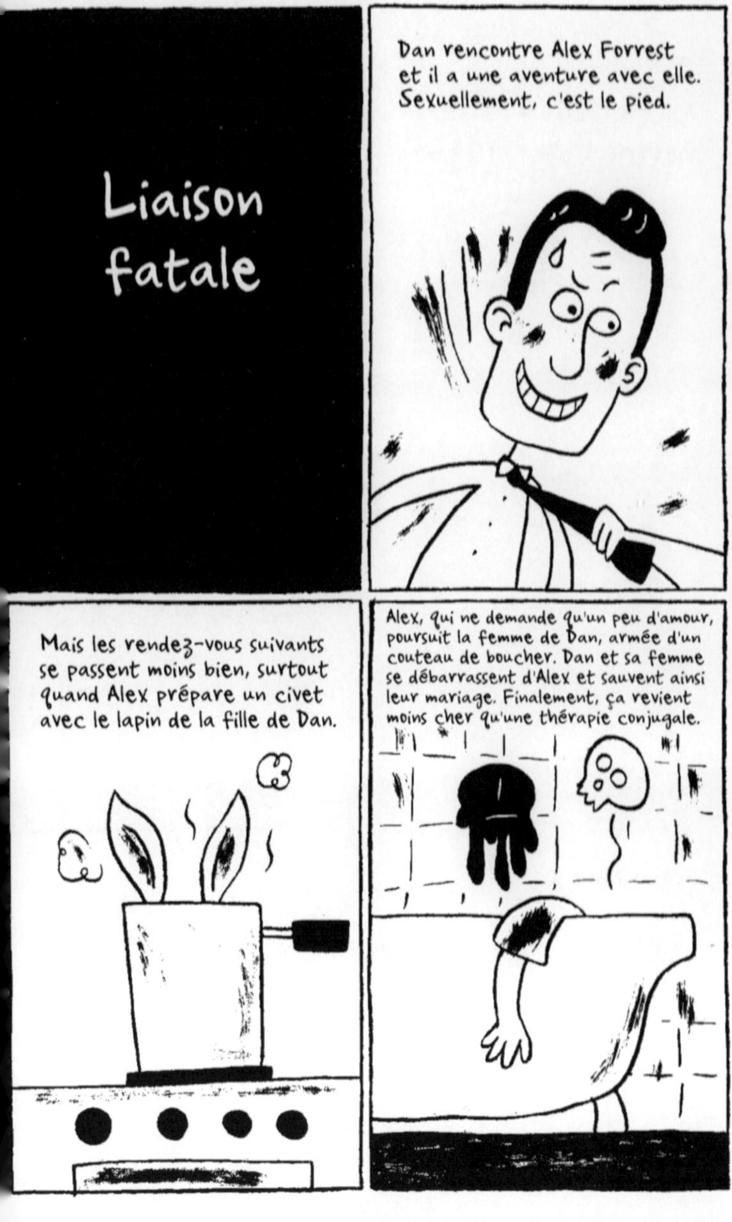
Liaison fatale
Dan rencontre Alex Forrest et il a une aventure avec elle. Sexuellement, c'est le pied.
Mais les rendez-vous suivants se passent moins bien, surtout quand Alex prépare un civet avec le lapin de la fille de Dan.
Alex, qui ne demande qu'un peu d'amour, poursuit la femme de Dan, armée d'un couteau de boucher. Dan et sa femme se débarrassent d'Alex et sauvent ainsi leur mariage. Finalement, ça revient moins cher qu'une thérapie conjugale.

Mad Max (1979)
George Miller, 1945-

Votre note sur 5 :

Mad Max
Mel Gibson est Mad Max : un flic du futur qui a la rage et qui accessoirement a un peu forcé sur la bouteille.
Un gang de motards emmené par "Le Chirurgien" tente de tuer le partenaire de Max et massacre sa femme et son bébé. Ça le rend complètement "mad"! (notez le jeu de mot !)
Il pourchasse les méchants et les dégomme tous, comme quoi rouler et picoler en même temps, ça marche mieux en pleine cambrousse australienne qu'à Los Angeles.

Matrix (1999)
Andy Wachowski, 1967-,
et Larry Wachowski, 1965-

Votre note sur 5 :

Matrix
Keanu Reeves est Néo : "l'Élu" qui sauvera les hommes du joug des machines dans le futur. C'est ça, Keanu va sauver le monde...
La Matrice est une réalité virtuelle créée par des machines pour maintenir les humains dans un bonheur artificiel. Néo commence à en maîtriser les rouages et arrive à faire des trucs de dingue, comme esquiver les balles.
Néo se fait descendre dans la Matrice mais revient à la vie, et ce - encore plus fort - quand Trinity l'embrasse. C'est ça, l'amour a peut-être sauvé Keanu... mais même l'amour n'a rien pu faire pour nous épargner les épisodes suivants.

Metropolis (1927)
Fritz Lang, 1890-1976

Votre note sur 5 :

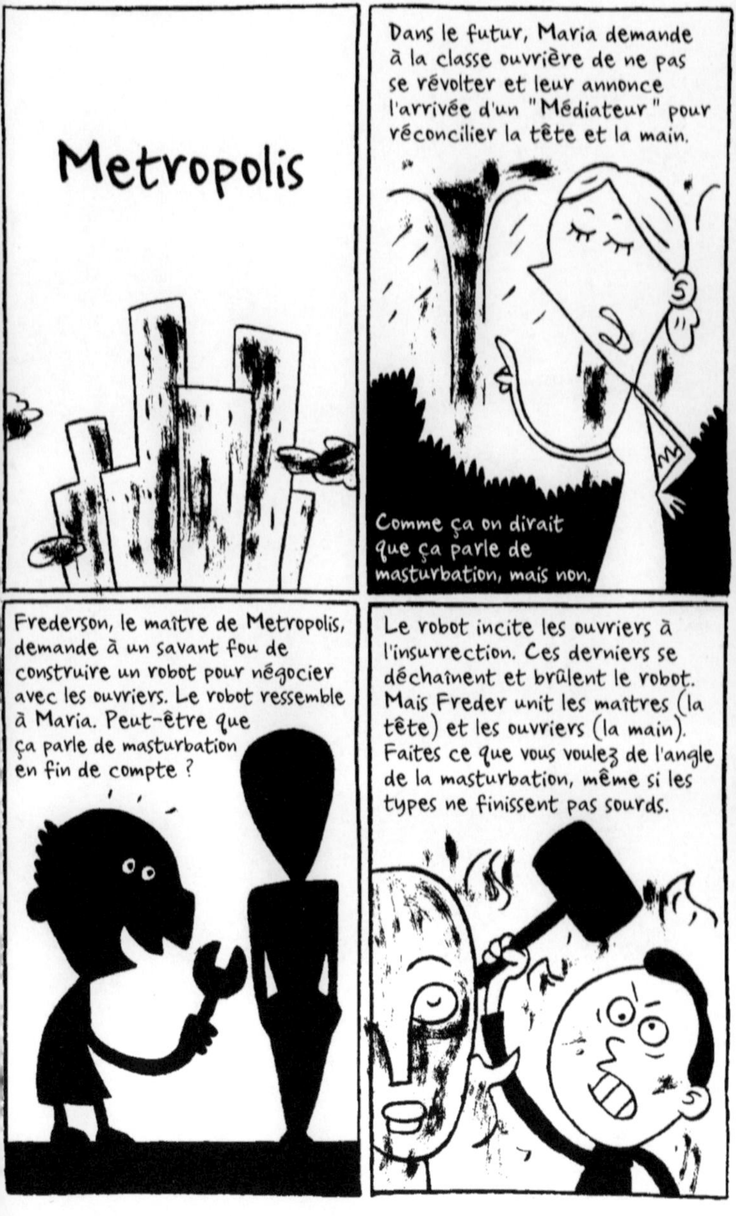
Metropolis
Dans le futur, Maria demande à la classe ouvrière de ne pas se révolter et leur annonce l'arrivée d'un "Médiateur" pour réconcilier la tête et la main.
Comme ça on dirait que ça parle de masturbation, mais non.
Frederson, le maître de Metropolis, demande à un savant fou de construire un robot pour négocier avec les ouvriers. Le robot ressemble à Maria. Peut-être que ça parle de masturbation en fin de compte ?
Le robot incite les ouvriers à l'insurrection. Ces derniers se déchaînent et brûlent le robot. Mais Freder unit les maîtres (la tête) et les ouvriers (la main). Faites ce que vous voulez de l'angle de la masturbation, même si les types ne finissent pas sourds.

New York 1997 (1981)
John Carpenter, 1948-

Votre note sur 5 :

New York 1997
Manhattan est devenue une prison géante dans laquelle s'est écrasé l'avion présidentiel. Snake Plissken est envoyé à sa rescousse.
Snake débarque à New York et ça n'est pas très différent de ce qu'on connaît: sale, dangereux et violent. Le Duc de New York détient le Président... et il a aussi une très belle voiture avec des chandeliers.
Snake aide le Président à s'échapper de New York, un exploit sans carte de métro, et le monde est sauvé.

Opération Dragon (1973)
Robert Clouse, 1928-1997

Votre note sur 5 :

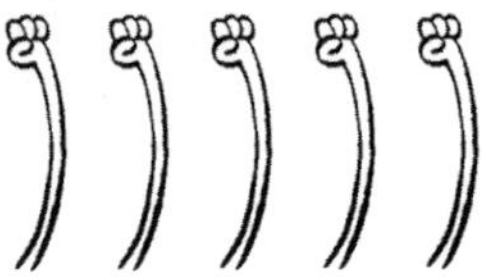

Opération Dragon
Bruce Lee assure un max niveau arts martiaux. Il participe à une compétition sur une île chapotée par le mystérieux Han.
Lee se bat comme une brute et tue même le sale Oharra. Han n'est pas très content.
Mais qu'importe s'il y a des mécontents, Bruce Lee leur botte tous le cul à la fin. Et, ô surprise, il liquide aussi Han.

Piège de cristal (1988)
John McTiernan, 1951-

Votre note sur 5 :

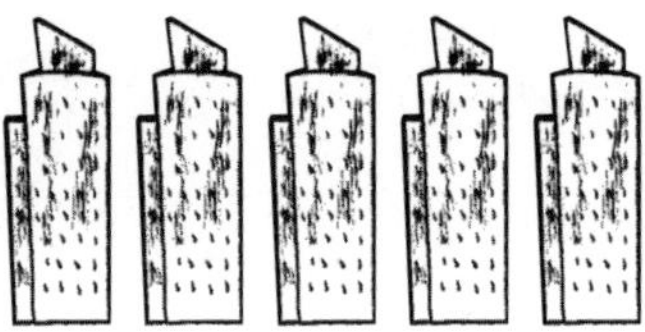

Piège de cristal
La première erreur que fait John McClane, c'est de se pointer à la soirée de Noël au boulot de sa femme alors qu'ils sont séparés. Ça ne se fait pas. Heureusement, les festivités sont interrompues par l'irruption de terroristes.
La deuxième erreur que fait John McClane, c'est de faire confiance à l'Allemand puisque ce bon vieux Hans se révèle être de mèche avec les terroristes. Il ne tient plus qu'à John de sauver les convives.
C'est ce qu'il fait dans un duel avec Hans. Et il sauve même sa femme donc il n'a plus besoin de coucher dehors.

Platoon (1986)
Oliver Stone, 1946-

Votre note sur 5 :

Platoon
Chris s'engage dans l'armée pour aller se battre au Vietnam. Idée plutôt louable au départ...
Si la première victime de la guerre est la vérité, alors la seconde est un village de civils vietnamiens exécutés par le sergent Barnes. Chris n'est pas emballé.
Il se venge de Barnes en lui fichant trois balles dans le thorax. Mais c'est Barnes qui lui a dit de tirer, alors qu'est-ce qu'il aurait pu faire d'autre, Chris ?

Police Academy (1984)
Hugh Wilson, 1943-

Votre note sur 5 :

Police Academy
Steve Guttenberg a redonné espoir à tous les acteurs sans talent en décrochant le rôle de Mahoney dans ce film : un bandit à la petite semaine, contraint de s'engager dans la police.
Mahoney essaie de se faire virer de l'école mais on préférerait qu'il démissionne. Pensez à ce qui se fait de plus pourri en terme de comédie et vous ne serez pas loin.
Bien entendu il y a une émeute et c'est Mahoney et son acolyte qui sauvent la situation. Ils deviennent officiers. Il y a des gens qui ont perdu leur boulot après avoir fait ce film. Ou du moins qui auraient dû.

Psychose (1960)
Alfred Hitchcock, 1899-1980

Votre note sur 5 :

Psychose
"Le meilleur ami d'un garçon est sa mère"
motel
Que fait un homme qui a quelques petits soucis avec sa maman ? Il tue Maman et il ouvre un hôtel.
Et que fait ce même homme quand une jolie fille s'arrête dans son hôtel ? Il enfile la chemise de nuit et la charlotte de Maman et il poignarde la fille sous la douche en 45 secondes chrono.
Finalement les bêtises s'arrêtent net et on l'envoie au coin... euh en prison. Maman est très fâchée.

Pulp Fiction (1994)
Quentin Tarantino, 1963-

Votre note sur 5 :

Pulp Fiction
Vincent et Jules sont deux gangsters à la solde de Marsellus. Vincent fait aussi des chorés super classes avec la femme de Marsellus.
Butch est un boxeur qui vient au secours de Marsellus alors qu'il est victime d'un viol collectif.
Jules décide de quitter la vie de gangster et on ne saura jamais ce qu'il y avait dans cette fichue mallette.

Retour vers le futur (1985)
Robert Zemeckis, 1952-

Votre note sur 5 :

Retour vers le futur
Marty McFly a un problème : ses parents sont des gros losers.
Ah oui, et il remonte dans le temps avec la voiture d'un savant fou, Doc Brown. Il y a ça aussi.
Il se retrouve à l'époque où ses parents étaient jeunes et compromet leur rencontre. Marty commence alors à disparaître car ses parents ne se sont pas rencontrés.
Marty arrange le coup pour ses parents, invente le rock'n'roll et utilise un éclair pour réactiver le convecteur temporel de la voiture à voyager dans le temps. Dommage qu'il n'ait pas poussé jusque dans le futur pour empêcher les épisodes suivants.
2,21 gigawatts !!

Rocky (1976)
John G. Avildsen, 1935-

Votre note sur 5 :

Rocky
Rocky Balboa est un boxeur de seconde zone qui a l'occasion d'affronter le champion Apollo Creed.
Rocky se prépare au combat avec l'aide de Mickey, son entraîneur.
Rocky se bat vaillamment mais perd le match et crie super fort le nom de sa copine à la fin du film.
Adriaaaan !

Rosemary's Baby (1968)
Roman Polanski, 1933-

Votre note sur 5 :

Rosemary's Baby
Comment construire une famille sur de bonnes bases. Rosemary vit avec son époux Guy, comédien fauché, dans l'immeuble Bramford (le Dakota Building). Qu'est-ce qu'un couple sans le sou fabrique dans ce quartier huppé ? C'est une bonne question.
Ils décident de faire un enfant et après avoir été droguée par des voisins cinglés, Rosemary tombe enceinte. La carrière de Guy décolle. Coïncidence ? Détrompez-vous.
?
Elle découvre qu'elle a été violée par le diable en personne pour assurer la réussite de Guy sur les planches. Et elle donne naissance à un adorable bébé antéchrist. Morale : ne faites pas d'enfant avec un comédien, ça finit mal.

S.O.S. Fantômes (1984)
Ivan Reitman, 1946-

Votre note sur 5 :

S.O.S. Fantômes
Comment une bande de parapsychologues au chômage retrouve-t-elle du boulot ? En montant un canular à base de fantômes et en promettant de sauver les hommes de la menace spectrale.
Comment un savant coureur fait-il pour draguer ? En convainquant une nana, sexy de préférence, que son appart est possédé par le demi-dieu Zuul, un sous-fifre de Gozer. Mais finalement ça ne va pas plus loin.
La fine équipe atterrit au sommet d'un gratte-ciel sur Central Park West pour le combat final contre Gozer. Bilan des courses : New York est sauvée, le bibendum chamallow a explosé et Ray Parker Jr. signe un tube planétaire.

Sailor et Lula (1990)
David Lynch, 1946-

Votre note sur 5 :

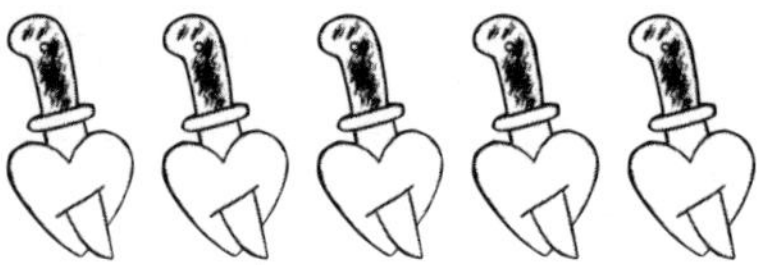

Sailor et Lula
Sailor sort de prison, Lula vient le chercher et lui file son blouson en peau de serpent, s'ensuit la preuve en 124 minutes que la drogue, le cinéma et Elvis ne font pas bon ménage.
Sailor dévalise une banque avec Bobby Peru mais ça ne se passe pas comme prévu et Bobby se fait sauter la cervelle. Oups ! Drogue + film + Elvis = mauvais trip.
Sailor sort de prison, une fois de plus, et se rend compte qu'il n'est qu'un loser. Mais il chante un morceau d'Elvis à Lula pendant que le générique défile. À ce moment-là, prévoyez un bon pétard.

Scarface (1983)
Brian de Palma, 1940-

Votre note sur 5 :

Scarface
"Dans ce pays, faut d'abord se faire du fric. Ensuite quand t'as le fric, t'as le pouvoir. Et quand t'as le pouvoir, alors t'as les bonnes femmes."
Tony Montana est un réfugié cubain qui a un bon plan : faire fortune grâce à la drogue et aux armes.
Son plan fonctionne, il devient assassin, dealer et bourré de fric.
Mais Tony a un léger souci de toxicomanie et une fâcheuse tendance à piquer des crises de nerfs. Au lieu de travailler sur lui, il bute tous les gens qu'il connaît et il finit par se faire buter lui-même.
Dites bonjour à mon ami !!

Shining (1980)
Stanley Kubrick, 1928-1999

Votre note sur 5 :

Shining
" Trop de travail et pas de jeux font de Jack un garçon ennuyeux. "
Q : quand songer au divorce ? Quand Jack, votre époux, réserve un séjour de 4 mois pour toute la famille dans un hôtel abandonné afin d'écrire son livre ? Non, là, ça ne presse pas vraiment.
Quand Jack se met à picoler avec des fantômes dans le bar désert de l'hôtel et couche avec la zombie de la chambre 237 ? Non, là encore, vous pouvez vous arranger.
Quand Jack vous pourchasse avec une hache et tente de vous achever, vous et votre fils ? Oui, c'est peut-être le moment de demander le divorce, au moins pour altération définitive du lien conjugal.

Showgirls (1995)
Paul Verhoeven, 1938-

Votre note sur 5 :

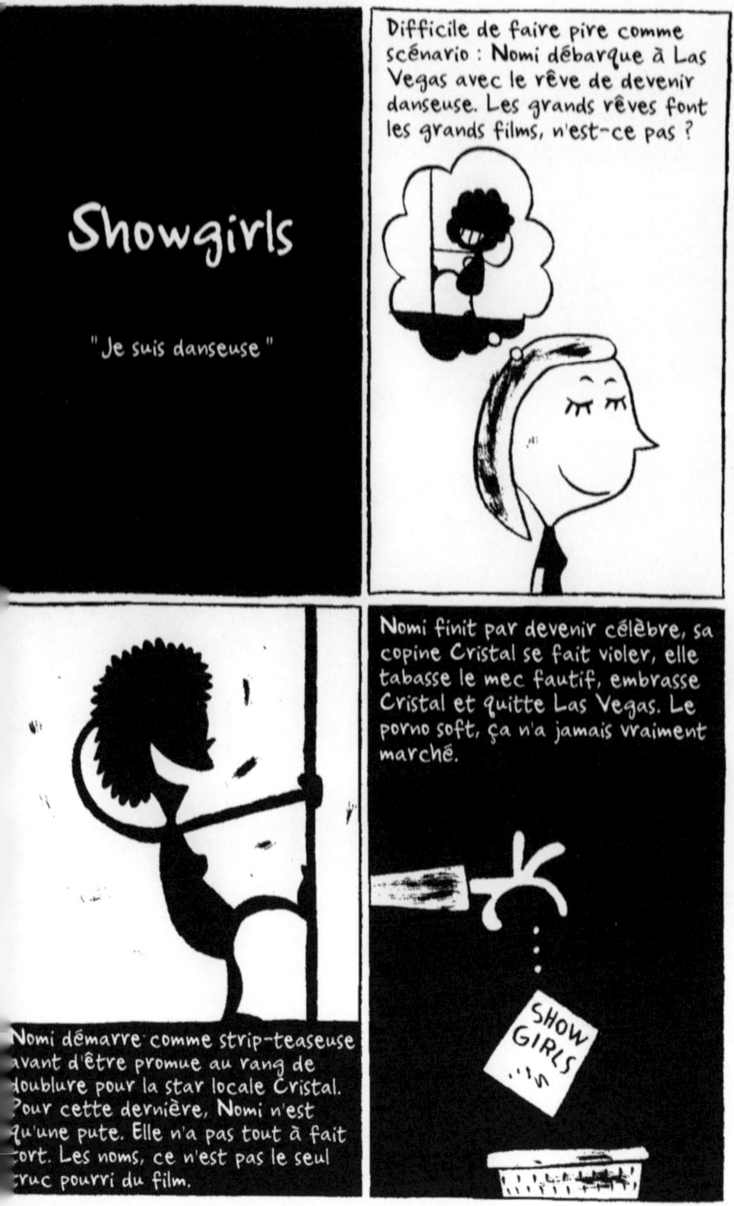
Showgirls
"Je suis danseuse"
Difficile de faire pire comme scénario : Nomi débarque à Las Vegas avec le rêve de devenir danseuse. Les grands rêves font les grands films, n'est-ce pas ?
Nomi démarre comme strip-teaseuse
vant d'être promue au rang de
oublure pour la star locale Cristal.
our cette dernière, Nomi n'est
u'une pute. Elle n'a pas tout à fait
ort. Les noms, ce n'est pas le seul
ruc pourri du film.
Nomi finit par devenir célèbre, sa copine Cristal se fait violer, elle tabasse le mec fautif, embrasse Cristal et quitte Las Vegas. Le porno soft, ça n'a jamais vraiment marché.
SHOW GIRLS

Spartacus (1960)
Stanley Kubrick, 1928-1999

Votre note sur 5 :

Spartacus
Spartacus est un gladiateur et un emmerdeur qui lève une insurrection à Rome.
Crassus est un général romain qui tente de faire échouer Spartacus mais apparemment il a du mal.
Finalement Spartacus est fait prisonnier puis crucifié mais sa femme et son fils sont relâchés, ça lui fait une belle jambe.

Taxi Driver (1976)
Martin Scorsese, 1942-

Votre note sur 5 :

Taxi Driver
Travis Bickle est un chauffeur de taxi new-yorkais de base : déglingué, violent et déséquilibré.
Il est rejeté par les femmes, mate des pornos et finit par faire une fixation sur une gamine qui se prostitue et qu'il veut sauver. Mais quoi ! C'est New York.
Il se fait une coupe de Mohican et essaie de tuer un sénateur. Mais il échoue. Ensuite il tue le mac de la petite et devient un héros. Tout peut arriver à New York.

Terminator (1984)
James Cameron, 1954-

Votre note sur 5 :

Terminator
Il était une fois un pauvre petit cyborg qui remontait dans le temps pour venir au secours de ses amies les machines.
Pour cela, le cyborg Terminator doit se débarrasser de Sara Connor dont le fils tentera de détruire lesdites machines.
Terminator ne parvient pas à ses fins. Cependant, il obtient vengeance sur l'humanité en devenant gouverneur de Californie.
VOTEZ POUR

The Blues Brothers (1980)
John Landis, 1950-

Votre note sur 5 :

The Blues Brothers
Les dangers de la religion: Jake et Elwood Blues fêtent la sortie de prison du premier mais ils se font lobotomiser par une bande de nonnes et multiplient les délits pour sauver un orphelinat.
Ils se retrouvent même dans une course-poursuite avec la police à l'intérieur d'un centre commercial. En même temps, ils essaient de réunir les membres de leur groupe pour aider les nonnes.
Le groupe rassemble l'argent nécessaire mais tout le monde est après eux. On les renvoie en taule, c'est plus simple.

The Breakfast Club (1985)
John Hughes, 1950-2009

Votre note sur 5 :

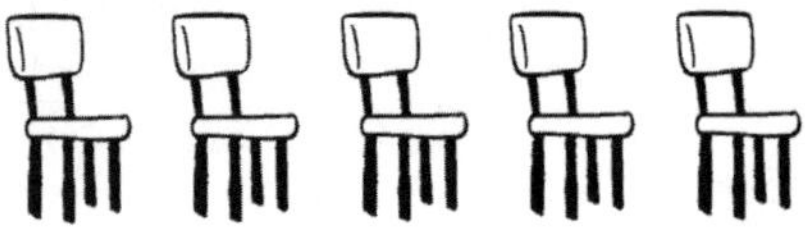

The Breakfast Club
Q : Qu'est-ce qu'on obtient quand on place un sportif, un intello, une fille à papa, une détraquée et un psychotique en retenue ensemble ?
R : De l'angoisse adolescente en tube. Et à volonté, qui plus est. Mais ils fument des pétards et ils dansent.
À la fin, ils n'ont pas mûri d'un pouce mais au moins ils sont devenus potes. Et ils peuvent se retrouver en colle.

Un poisson nommé Wanda (1988)
Charles Crichton, 1910-1999

Votre note sur 5 :

Un Poisson nommé Wanda
George, Ken, Otto et Wanda volent des bijoux mais seul George sait où ils sont cachés. Manque de bol, il se fait arrêter et ses acolytes se mettent en quête du butin.
Wanda jette son dévolu sur Archie, l'avocat de George. Chargé de tuer la vioque qui est le seul témoin du vol, Ken ne réussit qu'à tuer ses cabots.
Finalement, c'est Wanda qui emporte la mise en obtenant à la fois les bijoux et les faveurs d'Archie. Quant à Otto, il passe sous un rouleau-compresseur.

Un tramway nommé désir (1951)
Elia Kazan, 1909-2003

Votre note sur 5 :

Un tramway nommé désir
Blanche DuBois est typiquement le genre de fille qui réclame de l'attention. Elle vient vivre chez sa sœur Stella et son mari Stanley à la Nouvelle-Orléans.
Stanley est le roi dans sa baraque et ça le gonfle d'avoir Blanche dans les pattes.
STELLA
Donc il fait l'unique chose à faire avec une belle-sœur : il la fait interner. Et le problème est réglé.
J'ai toujours compté sur la bienveillance des étrangers.

Zombie (1978)
George A. Romero, 1940-

Votre note sur 5 :

Zombie
Question : que faire quand les zombies décident d'envahir le monde ?
Réponse : aller au supermarché (en tout cas c'est ce que font Stephen, Peter, Roger et Francine).
Jusqu'à ce que les zombies débarquent dans le centre commercial. Ensuite il vous suffit de sauter dans l'hélico qui justement se trouvait là et de prendre la fuite.

90 LIVRES CULTES À L'USAGE DES PERSONNES PRESSÉES

HENRIK LANGE

90 LIVRES CULTES À L'USAGE DES PERSONNES PRESSÉES

çà et là

1984, 1949

George Orwell, 1903-1950

Votre note sur 5 :

1984
Winston Smith vit en Océania, nation totalitaire dirigée par Big Brother.
Winston rencontre Julia et tombe amoureux d'elle. Il aimerait aussi rejoindre les rangs de la Fraternité rebelle.
Mais c'est un piège ! Il subit un lavage de cerveau et il est transformé en zombie qui boit du gin toute la journée. Bah, y a pire, non ?

2001 : L'Odyssée de l'espace, 1968
Arthur C. Clarke, 1917-2008

Votre note sur 5 :

2001 : L'Odyssée de l'espace
Le vaisseau Discovery One est en route pour Saturne sous le commandement de l'ordinateur HAL 9000.
David Bowman décide de débrancher HAL après que la fichue machine a tué tous les autres astronautes. Vilain HAL !
Bowman arrive sur Saturne où il devient immortel en franchissant la porte des étoiles qui conduit vers un autre univers. Mais bon, HAL doit lui manquer quand même.

À l'Ouest rien de nouveau, 1929
Erich Maria Remarque, 1898-1970

Votre note sur 5 :

À l'Ouest rien de nouveau
Dans un élan de nationalisme, Paul s'engage dans l'armée allemande pendant la première guerre. On parie combien qu'il va pas le regretter ?
Il y a des morts mais bon, qu'est-ce que vous voulez, c'est la guerre.
Paul est tué par une journée très calme alors qu'il s'apprête à cueillir une fleur. Une ironie qui tombe comme un couperet, vous trouvez pas ?

À la recherche du temps perdu, 1913-1927
Marcel Proust, 1871-1922

Votre note sur 5 :

À la recherche du temps perdu
Marcel Proust a écrit plus de mille pages à partir des souvenirs qui reviennent au narrateur quand il trempe une madeleine dans sa tasse de thé.
Dans ses souvenirs il y a beaucoup de sexe, souvent entre deux nanas.
Mais l'auteur est français donc ça n'a rien de surprenant.
Les souvenirs s'accumulent : les gens rient, pleurent, couchent les uns avec les autres et font tout ce qu'ils peuvent pour gravir l'échelle sociale. Bien entendu, à la fin, le narrateur décide d'écrire un roman rassemblant tous les souvenirs qu'on vient de lire. Pratique.

Alice au pays des merveilles, 1865
Lewis Carroll, 1832-1898

Votre note sur 5 :

Alice au pays des merveilles
Alice est une petite fille qui voit soudain débouler un lapin avec une montre à gousset. Une histoire de gamin tout ce qu'il y a de plus normale.
Après une série d'aventures qu'on croirait signées par Timothy Leary, elle boit le thé avec une tablée délirante qu'elle quitte avec le sentiment d'avoir été insultée.
?
À la fin, Alice se réveille et se rend compte que tout n'était qu'un rêve. Elle en parle à sa sœur qui décide de lui offrir un album des Grateful Dead et de l'acide pour son prochain anniv.

American Psycho, 1991
Bret Easton Ellis, 1964-

Votre note sur 5 :

American Psycho
Patrick Bateman est un blaireau de Wall Street. Il voue un culte à l'argent, à sa personne, à ses diplômes, à sa personne, aux cartes de crédit, à sa personne...
Ah, autre chose, Patrick tue des gens. Sympa, le mec. En plus, il bosse à Wall Street.
Il est de plus en plus taré et on ne sait pas s'il tue pour de vrai ou si c'est ? dans son imagination.
Mais une chose est sûre, c'est toujours un blaireau de Wall Street.

Au cœur des ténèbres, 1899
Joseph Conrad, 1857-1924

Votre note sur 5 :

Au cœur des ténèbres
Marlow est commandant d'un navire marchand dans le Congo belge colonial.
Il remonte le cours d'un fleuve à la recherche de Kurtz, un chef de comptoir qui serait devenu fou.
Il retrouve Kurtz qui plante des crânes sur des pieux, écrit de la poésie et a vraiment pété un câble.

Boule de Suif, 1880
Guy de Maupassant, 1850-1893

Votre note sur 5 :

Boule de Suif
Un groupe fuit la guerre franco-prussienne avec l'aide de la catin Boule de Suif.
Elle leur fait à manger et devient leur super pote. Qui a dit qu'on n'achetait pas ses amis ?
Boule est contrainte de coucher avec un officier prussien pour qu'ils puissent s'échapper mais après ils la regardent tous d'un mauvais œil.
Peut-être qu'elle devrait leur refaire la popote?

Catch 22, 1961
Joseph Heller, 1923-1999

Votre note sur 5 :

Catch 22
Yossarian est un pilote de la seconde guerre mondiale qui ne veut pas voler. Ça sent l'ironie pacifiste à plein nez !
Il a l'idée saugrenue de se faire passer pour fou pour ne pas avoir à voler.
Mais dilemme, ou catch-22 comme on dit là-bas: il faudrait être fou pour vouloir voler donc si on ne veut pas voler, c'est qu'on n'est pas vraiment fou, compris ?
21
22
Alors il s'envole pour la Suède, où les gens sont tous heureux, c'est bien connu.

Cent ans de solitude, 1967
Gabriel García Márquez, 1927-

Votre note sur 5 :

Cent ans de solitude
Ce livre retrace une saga familiale dans la ville de Macondo et ça commence par José Arcadio que tout le monde prend pour un fou.
7 générations se succèdent sur 100 ans et ils ont tous les mêmes prénoms, genre José, Arcadio ou Aureliano.
À la 7ème génération, le bébé Aureliano (tiens ! je vous l'avais bien dit) se fait enlever par des fourmis qui, si ça se trouve, s'appellent aussi José, Arcadio ou...

Charlie et la chocolaterie, 1964
Roald Dahl, 1916-1990

Votre note sur 5 :

Charlie et la chocolaterie
Charlie gagne ce dont rêvent tous les enfants : un ticket pour une visite exclusive de la chocolaterie de Willy Wonka.
Bon, Wonka est un type vraiment zarb et les autres gamins sont si insupportables que même les Oompas-Loompas ont l'air sympa. Tour à tour, les quatre autres mioches sont éliminés.
W
Charlie est le dernier en lice et il rafle le gros lot : les clefs de la chocolaterie !
W
Mais heureusement il ne transformera pas les enfants en myrtilles comme Wonka.

Cité de verre, 1987
Paul Auster, 1947-

Votre note sur 5 :

Cité de
verre
Daniel Quinn répond au téléphone. Au bout du fil, quelqu'un demande le détective Paul Auster.
Daniel se fait passer pour un détective et reprend l'affaire. Il est chargé de filer un type au langage délirant, Peter Stillman Sr., qui essaierait de tuer son fils.
Daniel, ou Paul si vous préférez, perd la trace de Stillman et finit aussi par perdre son appart.

Crime et châtiment, 1866
Fédor Dostoïevski, 1821-1881

Votre note sur 5 :

Crime et châtiment
Raskolnikov décide de tuer une vieille saleté d'usurière et sa sœur.
Mais ô surprise, le voilà rongé par la culpabilité et la paranoïa.
Pour se débarrasser de ses scrupules, il prend des vacances forcées dans une prison de Sibérie.
Où il découvre qu'il sait encore aimer. Waouh, un Dostoïevski qui finit bien !

Da Vinci Code, 2003
Dan Brown, 1964-

Votre note sur 5 :

Da Vinci Code
Un meurtre a lieu au Louvre et Robert Langdon se fait agresser alors qu'il essaie de le résoudre. Conclusion : les musées c'est pas top.
Robert et Sophie, qui essaie de l'aider, sont pourchassés par des fanatiques religieux complètement déglingués alors qu'ils se mettent en quête du Saint Graal. Conclusion : l'Opus Dei c'est pas top.
À la fin, ils découvrent que Marie Madeleine n'est autre que le Saint Graal et que Sophie descend d'elle et de Jésus. Et ça, l'Église catholique trouve que c'est pas top.

Des souris et des hommes, 1937
John Steinbeck, 1902-1968

Votre note sur 5 :

Des souris et des hommes
George Milton et Lennie travaillent comme journaliers dans les ranchs. Lennie rêve de lapins qu'il pourrait caresser et... tuer.
Lennie, ce grand abruti, tue la femme du fils du proprio du ranch en voulant lui toucher les cheveux.
Alors George tue Lennie pour qu'il échappe à la prison. C'est à ça que servent les amis.

Dix Petits Nègres, 1939
Agatha Christie, 1890-1976

Votre note sur 5 :

Dix Petits Nègres
Dix meurtriers sont conviés sur l'île du Nègre et là ils sont accusés de crimes pour lesquels ils n'ont pas été punis.
Ils ne peuvent pas quitter l'île et ils se font tuer, un par un, sans savoir qui est le tueur.
Tout le monde meurt et le tueur laisse un mot pour avouer tous les meurtres et son suicide.
C'était le juge Wargrave.

Dracula, 1897
Bram Stoker, 1847-1912

Votre note sur 5 :

Dracula
Jonathan Harker est envoyé en Transylvanie pour conclure un marché avec Dracula. Il est fait prisonnier mais finit par s'échapper du château du vampire.
Dracula se rend à Londres pour faire la cour à Mina, la fiancée de Harker, et il fout le bordel dans la ville. Harker et Van Helsing, un savant fou, le pourchassent jusqu'en Transylvanie et le tuent.
Harker et Mina se marient et ont un petit bébé aux canines acérées. Peut-être que Mina a une explication.

Factotum, 1975
Charles Bukowski, 1920-1994

Votre note sur 5 :

Factotum
Henry Chinaski picole.
Et il couche avec des putes.
Et il repicole.
C'est la vie selon Bukowski.

Fahrenheit 451, 1953
Ray Bradbury, 1920-

Votre note sur 5 :

Fahrenheit 451
Guy Montag est chargé de brûler les livres dans une société future qui les a tous bannis.
Or, notre cher pompier s'intéresse à la lecture. Pris en flagrant délit, il tue ses collègues et prend la fuite en quête d'un monde favorable aux livres.
Il rejoint un groupuscule de lecteurs et peut-être qu'après une guerre la lecture redeviendra légale et qu'ils pourront se plonger dans le dernier Paris Hilton. La chance !
DARWIN
PLATON
Jackie Collins
Voltaire

Frankenstein, 1818
Mary Shelley, 1797-1851

Votre note sur 5 :

Frankenstein
Le savant Frankenstein défie Dieu et donne vie à " la Créature ", un être fait de différentes parties de cadavres. Un peu comme un ragoût avec les restes du frigo, quoi.
La Créature qui a une mauvaise opinion d'elle-même, et ça se comprend, se met à tuer les proches de Frankenstein par esprit de vengeance.
Frankenstein pourchasse la Créature, perd sa trace au pôle Nord, meurt et ensuite la Créature se tue.
Du coup, l'histoire s'arrête là.

Gatsby le magnifique, 1925
F. Scott Fitzgerald, 1896-1940

Votre note sur 5 :

Gatsby le magnifique
Nick passe l'été dans les environs de New York, près de chez un mec très très riche qui s'appelle Gatsby.
Gatsby est amoureux d'une amie de Nick, Daisy, Daisy est mariée à Tom, Tom a une liaison avec la femme du garagiste, le garagiste est amoureux de la voiture de Tom et tout le monde adore picoler à l'œil chez Gatsby.
Mais la femme du garagiste est renversée par une voiture.
Gatsby se fait descendre par le garagiste dans sa piscine et personne ne vient à son enterrement, même pas Daisy. Morale de l'histoire : si vous devenez richissime, laissez tomber vos anciens potes !!

Je suis une légende, 1954
Richard Matheson, 1926-

Votre note sur 5 :

Je suis une légende
Robert Neville est dans la merde : une pandémie s'est répandue dans le monde et les victimes infectées sont transformées en vampires.
Pire encore : il est coincé à Los Angeles. Gagné, c'est un livre d'horreur.
Il les chasse le jour et se cache la nuit.
À la fin, il se rend compte que c'est LUI l'intrus puisque tous les autres sont tarés à Los Angeles. Alors il prend des cachetons pour mourir sans douleur. Bienvenue à Hollywood !

L'Alchimiste, 1988
Paulo Coelho, 1947-

Votre note sur 5 :

L'Alchimiste
Santiago, berger en Espagne, rêve qu'il découvre un trésor dans les pyramides.
Il rencontre un alchimiste en Afrique et apprend plein de tours de passe-passe, genre se transformer en coup de vent. Mesurez le symbolisme !
Après s'être fait tabasser au pied des pyramides, il comprend que le vrai trésor est chez lui. Et à la fin, il la trouve, sa malle au trésor. Tant mieux pour lui.

L'Appel de la forêt, 1903
Jack London, 1876-1916

Votre note sur 5 :

L'Appel de la forêt
Buck est un chien qui est tiré de son train-train doré en Californie pour devenir chien de traîneau en Alaska.
Il apprend les rudiments de la vie en forêt et se trouve un maître super cool en la personne de John Thornton.
Thornton est tué et Buck, craignant que la voie légale ne donne rien pour un chien, devient 100% féroce et sauvage.

L'Attrape-cœurs, 1951
J.D. Salinger, 1919-2010

Votre note sur 5 :

L'Attrape-cœurs
Holden Caulfield se fait renvoyer de l'école et part pour New York.
Holden traîne dans Manhattan en se lamentant sur son sort.
Et puis sa crise d'ado se transforme en prise de conscience quand il voit sa sœur sur un manège. Et il décide de se donner une seconde chance à l'école.

L'Espion qui venait du froid, 1963
John le Carré, 1931-

Votre note sur 5 :

L'Espion qui venait du froid
Alec Leamas est un espion anglais qui essaie de piéger un espion est-allemand.
Il aurait sûrement préféré être James Bond parce que Bond a plus de nanas et s'en tire toujours vivant.
En bon espion, Leamas se rend à Berlin-Est pour traquer Mundt, l'espion allemand. James Bond ne se serait pas donné autant de mal.
Mais bon il y a un micmac d'espions complètement dingue, les choses tournent mal et Leamas et sa copine se font tuer par des Est-Allemands. En mourant Leamas se demande pourquoi Ian Fleming n'a pas écrit ce roman à la place de John le Carré.

L'Étranger, 1942
Albert Camus, 1913-1960

Votre note sur 5 :

L'Étranger
Meursault est un de ces existentialistes qui ne croient en rien. À l'enterrement de sa mère, transpirer, il peut mais pleurer, ça, il peut pas.
Un jour de grand soleil, Meursault tue un Arabe sur la plage, ce qui a donné un tube des Cure.
Il est condamné à mort et se sent soulagé quand il comprend que l'univers ne se soucie d'aucun d'entre nous.
Ça nous fait une belle jambe.

L'Histoire de Pi, 2001
Yann Martel, 1963-

Votre note sur 5 :

L'Histoire de Pi
Pauvre petit Pi, naufragé sur un canot avec un zèbre, une hyène, un orang-outan et un tigre nommé Richard Parker. Pourquoi se coltiner un tigre sur un si petit rafiot, ça, le lecteur n'en sait rien.
Richard Parker bouffe une partie des animaux. Sérieux, vous vous attendiez à quoi ? C'est ce que font tous les tigres. Ils bouffent.
Au bout de 227 jours, il ne reste plus que Pi et le tigre. Ils abordent les côtes mexicaines et le tigre s'éclipse en laissant Pi derrière lui. Mais était-ce vraiment un tigre...?
?

L'Île au trésor, 1883
Robert Louis Stevenson, 1850-1894

Votre note sur 5 :

L'Île au trésor
Quand vos parents tiennent une auberge au bord de la mer, il y a de fortes chances que vous connaissiez l'aventure. Et c'est le cas de Jim Hawkins qui découvre une carte au trésor ayant appartenu au pirate Billy Bones.
Jim rejoint une bande de marins (parmi lesquels Long John Silver) à la recherche du trésor perdu du Capitaine Flint sur l'Île au trésor. Arghhhhh !
Grâce à la ruse et à la chance aussi, ils rapportent leur trésor en Angleterre en laissant quand même quelques pirates derrière eux !
C'est ça, la vie de pirate !

L'Ingénieux Hidalgo Don Quichotte
de La Manche, 1605
Miguel de Cervantes, 1547-1616

Votre note sur 5 :

L'Ingénieux Hidalgo Don Quichotte de La Manche
Don Quichotte lit beaucoup trop – la télé n'existe pas encore – et ça lui donne des idées farfelues.
Il attaque des moulins qu'il prend pour des géants et là, même son cheval se dit qu'il délire.
!?
Il découvre qu'il n'y a pas de place pour les héros et rentre chez lui. Son canasson est soulagé. Les moulins aussi.

L'Odyssée
Homère, 8ème siècle avant J.-C.

Votre note sur 5 :

L'Odyssée
Ulysse rentre chez sa femme Pénélope après une grosse journée de boulot à Troie mais en chemin il doit surmonter plusieurs épreuves comme le Cyclope...
... des sirènes qui chantent et qui sont vachement tentantes pour un type coincé sur un bateau rien qu'avec des gars qui se sont pas douchés depuis longtemps.
Content de quitter enfin son rafiot, Ulysse arrive à la maison et fait un sort à tous les types qui tournent autour de sa femme.

L'Ombre du vent, 2001
Carlos Ruiz Zafón, 1964-

Votre note sur 5 :

L'Ombre du vent
Le jeune David découvre un livre dans une bibliothèque secrète et devient obnubilé par l'objet et par son auteur.
Il est suivi par plusieurs personnes dont l'inspecteur Fumero, une vraie brute. Peut-être qu'on aurait dû lui dire de lire autre chose.
Après de nombreuses péripéties, l'inspecteur est tué et Daniel et son auteur peuvent dormir tranquilles.

L'Orange mécanique, 1962
Anthony Burgess, 1917-1993

Votre note sur 5 :

L'Orange mécanique
Alex et ses acolytes ont pour hobbys de tabasser les gens et de boire du lait.
Alex est interné et subit le traitement Ludovico qui consiste à écouter du Beethoven en regardant des scènes de violence.
À sa sortie, la violence et Beethoven lui sortent par les yeux. Alors c'est lui qu'on se met à tabasser. C'est bien la peine d'être gentil.

La Bible

Votre note sur 5 :

La Bible
Au commencement Dieu crée tout le bazar (pas de vacances).
Avance rapide : Jésus fils de Dieu naît (vacances !) et meurt sur la croix pour nos péchés (re-vacances).
INRI
Mais à la fin, y a quand même des chances qu'on aille tous en Enfer.

La Case de l'oncle Tom, 1852
Harriet Beecher Stowe, 1811-1896

Votre note sur 5 :

La Case de l'oncle Tom
Oncle Tom, esclave dans une ferme du Kentucky, est vendu à un nouveau maître.
Tom finit en Louisiane dans une plantation tenue par un propriétaire vicieux. Il est battu et fouetté mais reste chrétien envers et contre tout.
Et quand il pardonne aux Blancs responsables de sa mort, sa foi les gagne et ils changent leur façon d'être.

La Conjuration des imbéciles, 1980
John Kennedy Toole, 1937-1969

Votre note sur 5 :

La Conjuration des imbéciles
Ignatius Reilly a 30 ans, ne travaille pas et vit chez sa mère à La Nouvelle-Orléans. Et il porte des chapeaux à la con. Mais à La Nouvelle-Orléans, ça passe encore.
Sa mère l'oblige à trouver du boulot, et même à vendre des hot-dogs dans le Quartier français. Mais il finit toujours par se faire virer.
Comme tous les habitants du Quartier français, il est menacé d'internement psychiatrique mais il parvient à s'enfuir à New York avec son ex.
NEW YORK

La Faim, 1890
Knut Hamsun, 1859-1952

Votre note sur 5 :

La Faim
Notre narrateur est un jeune homme affamé. Il essaie de vivre de sa plume mais trouver un boulot, ça, ça ne l'a jamais effleuré.
Il rencontre Ylajali et tombe fou amoureux d'elle. Mais il crève toujours la dalle et elle ne tarde pas à le larguer. Un salaire à la fin du mois, ça aurait pu aider.
Alors il quitte la ville et s'embarque sur un bateau comme marin. Ô miracle, il a enfin trouvé un travail.

La Guerre des mondes, 1898
H.G. Wells, 1866-1946

Votre note sur 5 :

La Guerre des mondes
Les Martiens débarquent et se mettent à massacrer les hommes.
Ils foutent vraiment le boxon et les humains se taillent en courant.
LONDRES
Mais cette bande de Martiens soi-disant invincible succombe aux microbes et il leur faut un moment avant de piger l'intérêt de se laver les mains !
ATCHOUM

La Mort à Venise, 1912
Thomas Mann, 1875-1955

Votre note sur 5 :

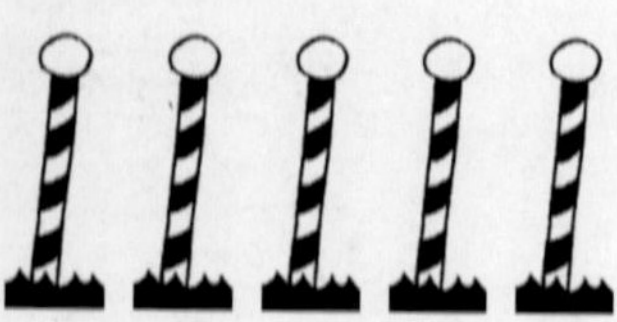

La Mort à Venise
Dans cette histoire super gaie, Gustav von Aschenbach est un écrivain las qui décide de partir en voyage à Venise.
Il se sent seul à Venise (comme c'est étonnant pour un écrivain) et s'éprend d'un jeune garçon polonais.
À la fin, il meurt, ce qui, pour un écrivain las, n'est pas une mauvaise chose.

La Nausée, 1938
Jean-Paul Sartre, 1905-1980

Votre note sur 5 :

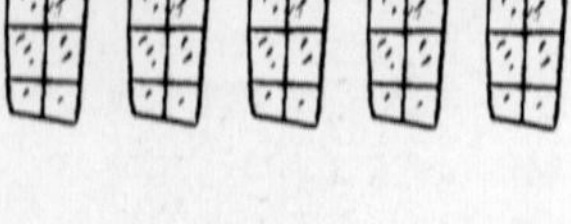

La Nausée
En gros, Antoine ne glande rien à part se prendre le chou sur l'absurdité de la vie. Et ça lui file la nausée. L'angoisse.
Il n'a pas de boulot, pas d'amis, déteste la ville où il vit et le livre d'histoire qu'il écrit. En plus, son ex, Annie, ne veut plus avoir affaire à lui. L'angoisse !
Il se dit qu'écrire un roman pourrait donner un sens à sa vie. Mais n'empêche que ça changera pas le fait que c'est un gros naze qui n'a même pas de meuf. L'ANGOISSE !

La Pianiste, 1983
Elfriede Jelinek, 1946-

Votre note sur 5 :

La Pianiste
Erika Kohut, c'est une femme avec un lourd bagage. Déjà elle est prof de piano, en plus, elle vit chez sa mère qui est tyrannique et, ah oui, elle a aussi des pulsions sado-maso. Ouais, y a ça aussi.
Un de ses élèves de piano, Walter, tombe amoureux d'elle et Erika lui écrit une "lettre d'amour" où elle lui explique comment agir avec elle. Au début il dit non mais ensuite il la bat et il la viole. Pas très classique comme histoire d'amour.
Erika va au récital de piano, elle voit Walter et elle trouve le moyen de se poignarder.
Parce qu'apparemment c'est ce qui se passe quand on fait pas de thérapie.

La Plage, 1996

Alex Garland, 1970-

Votre note sur 5 :

La Plage
Richard obtient la carte d'une île près de la Thaïlande, sur laquelle se trouve une plage secrète où il y a plein de cannabis.
Il se rend sur l'île, y découvre une communauté secrète et des tonnes de cannabis alors il reste, mais ça casse un peu l'ambiance.
Malgré une copieuse consommation de ganja, la communauté sombre dans la violence et il y a des morts. Richard qui flippe grave fuit l'île et rentre en Angleterre la queue entre les jambes.

Le Bateau, Un voyage aux limites de l'enfer, 1973
Lothar-Günther Buchheim, 1918-2007

Votre note sur 5 :

Le Bateau
Un voyage aux limites de l'enfer
Un sous-marin allemand patrouille dans l'Atlantique pendant la seconde guerre mondiale.
Quand il plonge dans les eaux de Gibraltar, il est attaqué et se met à couler mais la technologie allemande reprend le dessus et l'équipage survit.
Enfin, jusqu'à ce qu'ils arrivent au port et là des bombardiers les attaquent, tuent la moitié des gens et coulent le sous-marin pour de bon.

Le Carnet d'or, 1962
Doris Lessing, 1919-

Votre note sur 5 :

Le Carnet d'or
Anna Wulf est écrivain. Imaginez un peu... un livre sur un écrivain.
Elle garde précieusement quatre carnets, un noir, un rouge, un jaune et un bleu, couvrant différentes parties de sa vie, dans l'espoir de les réunir en un seul carnet tout-puissant, le carnet d'or.
Entre-temps, elle apprend beaucoup de choses sur elle-même, entre au parti travailliste et mène une vie d'écrivain heureux...

Le Chien des Baskerville, 1901-1902
Arthur Conan Doyle, 1859-1930

Votre note sur 5 :

Le Chien des Baskerville

Le Clan de l'ours des cavernes, 1980
Jean M. Auel, 1936-

Votre note sur 5 :

Le Clan de l'ours des cavernes
Fillette, Ayla est recueillie par des hommes de Néanderthal.
elle est super moche!
Ils l'adoptent et plus tard elle est violée, engrossée puis bannie par Brun, le futur chef de clan. Dur dur d'être une femme de Cro-Magnon.
Libre mais un peu furax sur les bords, Ayla part à la recherche des siens, les Cro-Magnons.

Le Cœur révélateur, 1843
Edgar Allan Poe, 1809-1849

Votre note sur 5 :

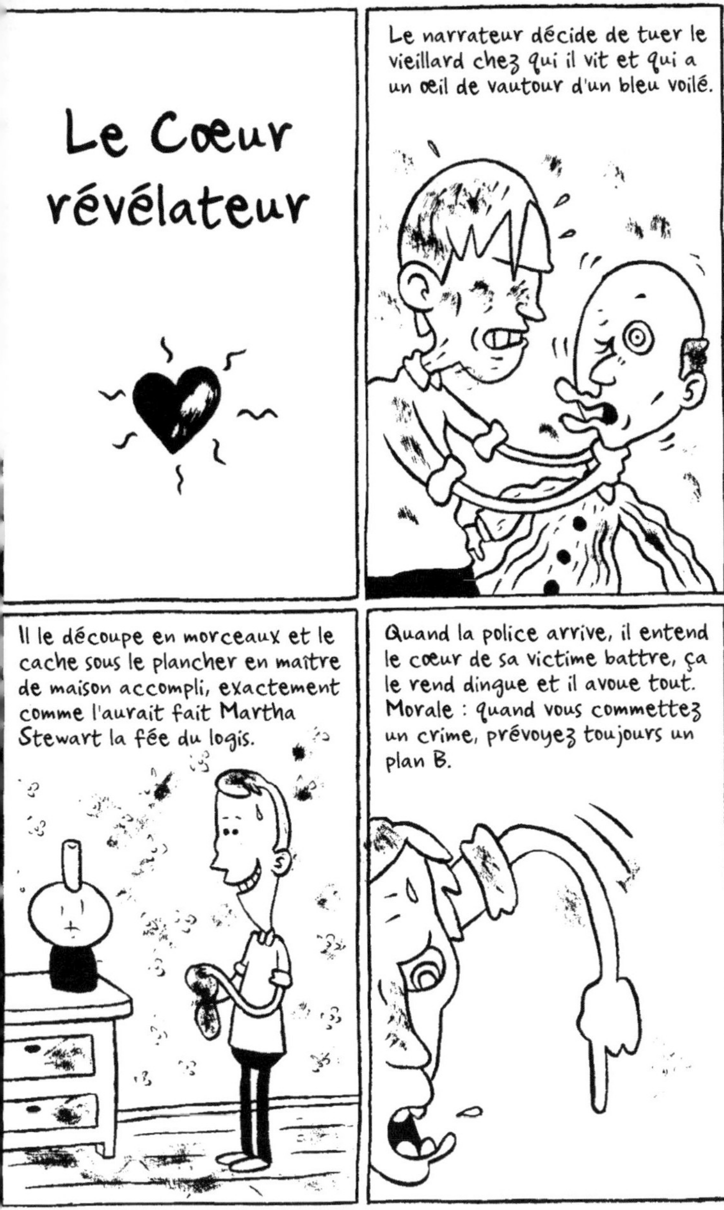
Le Cœur révélateur
Le narrateur décide de tuer le vieillard chez qui il vit et qui a un œil de vautour d'un bleu voilé.
Il le découpe en morceaux et le cache sous le plancher en maître de maison accompli, exactement comme l'aurait fait Martha Stewart la fée du logis.
Quand la police arrive, il entend le cœur de sa victime battre, ça le rend dingue et il avoue tout. Morale : quand vous commettez un crime, prévoyez toujours un plan B.

Le Festin nu, 1959
William Burroughs, 1914-1997

Votre note sur 5 :

Le Festin nu
L'agent William Lee est exterminateur d'insectes et c'est aussi un bon vieux junkie toujours en quête du prochain shoot.
Il passe beaucoup de temps et de pages dans les limbes opiacés de l'Interzone, où il fait la fête avec des mille-pattes et s'adonne à de violentes orgies.
Lee, ce junkie sympatoche, tue les policiers qui sont à ses trousses et prend la fuite. Notez que l'Alliance des Vendeurs d'Opium n'adhère pas à tout ce qui est dit dans ce livre et ne garantit en rien que la drogue permette de côtoyer des mille-pattes.

Le Grand Sommeil, 1939
Raymond Chandler, 1888-1959

Votre note sur 5 :

Le Grand Sommeil
Le général Sternwood engage Philip Marlowe pour démasquer un maître chanteur du nom de Geiger.
Carmen, la fille nympho du général, a la gâchette facile.
Carmen est internée et Marlowe est paumé, livré à lui-même et à la gnôle, bien sûr.

Le Guide du voyageur galactique, 1979
Douglas Adams, 1952-2001

Votre note sur 5 :

Le Guide du voyageur galactique
Arthur Accroc et Ford Escort s'échappent de la Terre (au fait, la Terre est un ordinateur géant) quelques secondes avant que les Vogons ne la détruisent.
Ils partent en astrostop et parcourent l'Univers en quête de la réponse à la Grande Question sur la Vie. Ils rencontrent en chemin des créatures spatiales vraiment délire.
Quelques tomes plus tard, les Vogons sont de retour et détruisent la Terre... une fois encore.

Le Loup des steppes, 1927
Hermann Hesse, 1877-1962

Votre note sur 5 :

Le Loup des steppes
Harry Haller est un écrivain et (attention c'est un scoop) il n'arrive pas à s'intégrer dans la société. Inspiré par ses lectures sur un loup solitaire, il décide de mettre fin à ses jours.
Mais il rencontre Hermine en boîte et elle lui apprend à vivre.
Pendant un bal masqué, Harry tue Hermine. Il comprend que la vie, c'est comme ça, point. Mais il continue de faire la tronche.
PFFF

Le Maître et Marguerite, 1928-1966
Mikhaïl Boulgakov, 1891-1940

Votre note sur 5 :

Le Maître et Marguerite
Le magicien Woland n'est autre que Satan. Il se rend à Moscou avec l'élite littéraire pour cible. Il débarque en étrange compagnie, genre un chat qui parle super vite et qui adore la vodka et les armes.
Le Maître, un autre type, va en taule à cause de son livre sur Jésus. Et Marguerite, sa copine, se transforme en sorcière pour le sauver, avant de donner le bal du Diable.
Woland leur accorde la paix mais pas le salut et il passe à autre chose.

Le Meilleur des mondes, 1932
Aldous Huxley, 1894-1963

Votre note sur 5 :

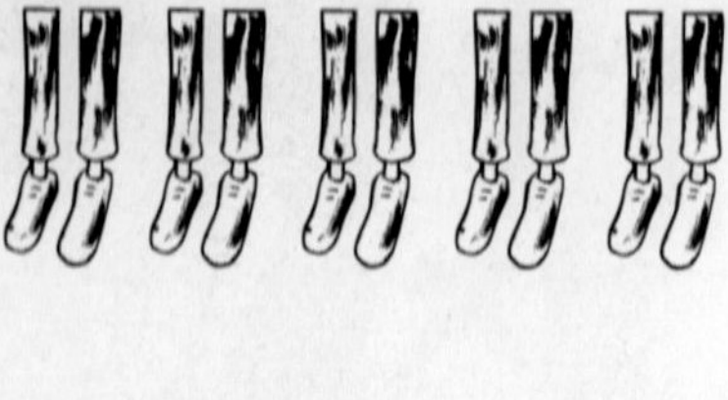

Le Meilleur des mondes

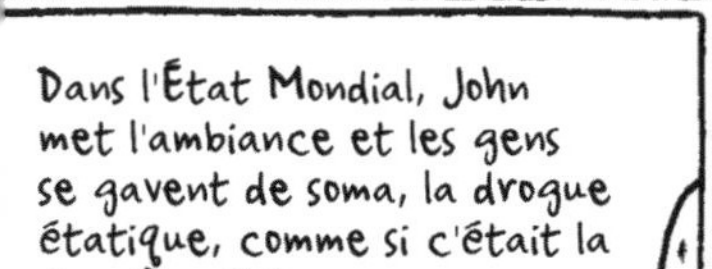

Le Nom de la rose, 1980
Umberto Eco, 1932-

Votre note sur 5 :

Le Nom de la rose
Le frère Guillaume de Baskerville se rend dans une abbaye où un meurtre a été commis.
Chaque jour un moine disparaît... Y en a même un qui finit noyé dans un tonneau de sang de cochon.
À la fin, on apprend que le meurtrier est un livre sur la nature du comique, rangé dans la bibliothèque secrète de l'abbaye.
Rassurez-vous, le présent livre a beau être comique, il ne vous fera aucun mal, lui.

Le Parfum, 1985
Patrick Süskind, 1949-

Votre note sur 5 :

Le Parfum
Grenouille est un petit Français qui n'a pas d'odeur naturelle mais qui paradoxalement possède un odorat surdéveloppé. Il est méprisé de tous.
En grandissant, il devient compulsif et tue des gens pour récupérer leur odeur et en faire des parfums.
Comme il se dégoûte, Grenouille se pare du meilleur parfum de tous les temps et les gens se jettent sur lui, le déchiquettent et le bouffent. Ça sentait encore meilleur que Drakkar noir.
Trop d'la balle.

Le Portrait de Dorian Gray, 1890
Oscar Wilde, 1854-1900

Votre note sur 5 :

Le Portrait de Dorian Gray
Dorian est un type égocentrique qui se fait faire un super beau portrait. À l'ère du pré-botox, il fait le vœu que le portrait vieillisse à sa place.
Et ça marche. Après chaque acte de débauche, le portrait s'enlaidit mais Dorian, lui, a toujours l'air pimpant. Au diable la chirurgie esthétique !
La culpabilité le ronge et il détruit le vil portrait. Il vieillit, le portrait rajeunit et tout le gratin de Los Angeles devrait retenir la leçon.

Le Procès, 1925
Franz Kafka, 1883-1924

Votre note sur 5 :

Le Procès
§
Joseph K. est arrêté le jour de son anniversaire. On ne sait pas vraiment pourquoi. Lui non plus.
Il traverse un dédale de procédures judiciaires qui ne mènent à rien. Si vous avez déjà fait partie d'un jury, vous voyez ce que je veux dire.
À la fin, Joseph K. se fait tuer et il ne sait toujours pas pourquoi.
Joseph K. : 0
Système Judiciaire : 1

Le Seigneur des anneaux, 1954 et 1955
J. R. R. Tolkien, 1892-1973

Votre note sur 5 :

Le Seigneur des anneaux
Frodon est un Hobbit qui découvre un anneau magique permettant de régner sur le monde. Mais c'est un objet maléfique alors il faut qu'il s'en débarrasse.
Le sort semble s'acharner contre lui en Terre du Milieu mais il arrive à se tirer d'affaire.
Frodon rejoint la Montagne du Destin et lance l'anneau dans les flammes ; le monde est sauvé. Ça ferait un bon film, non ?

Le Vieil Homme et la mer, 1952
Ernest Hemingway, 1899-1961

Votre note sur 5 :

Le Vieil Homme et la mer
Santiago est un vieux pêcheur qui n'a rien pris depuis 84 jours.
Il décide de partir en haute mer pour au moins trouver un fichu poisson.
Il parle tout seul un bon moment avant d'attraper un marlin taille XL.
Mais les requins dévorent sa prise et il ne lui reste que les arêtes. Et il est toujours vieux.

Les Aventures de Tom Sawyer, 1876
Mark Twain, 1835-1910

Votre note sur 5 :

Les Aventures de Tom Sawyer
WANTED
JOE L'INDIEN
Tom et son pote Huckleberry Finn sont témoins d'un meurtre commis par Joe l'Indien.
Tom décide de témoigner à la Cour contre Joe mais du coup, celui-ci le séquestre dans une grotte. Comme quoi, témoigner à la Cour, c'est pas toujours une bonne idée.
Tom parvient à s'enfuir et avec Huck, ils mettent la main sur l'or que cache Joe. Ils deviennent des héros, alors peut-être qu'en fin de compte, ça valait le coup de remplir son devoir civique.

Les Chroniques de Narnia : Le Lion, la Sorcière Blanche et l'Armoire magique, 1950
C.S. Lewis, 1898-1963

Votre note sur 5 :

Les Chroniques de Narnia : Le Lion, la Sorcière Blanche et l'Armoire magique
Quatre frères et sœurs découvrent une armoire magique qui les conduit au royaume magique de Narnia.
La méchante Sorcière Blanche tente de tuer les enfants mais ils sont sauvés par le roi Aslan, un lion magique qui se sacrifie pour eux.
Les enfants deviennent adultes, sont couronnés rois et reines mais ils finissent par revenir dans le vrai monde et redeviennent des enfants.

Les Enquêtes de Mma Ramotswe, 1999
Alexander McCall Smith, 1948-

Votre note sur 5 :

Les Enquêtes de Mma Ramotswe
Grâce à son héritage, Mma Ramotswe ouvre une agence de détectives au Botswana.
En cours de route, elle résout les petits problèmes du quotidien et nous parle de l'Afrique et de sa faune.
Et même qu'elle a droit à un peu d'action grâce au beau gosse du coin.

Les Garennes de Watership Down, 1972
Richard Adams, 1920-

Votre note sur 5 :

Les Garennes de Watership Down
Un lapin nommé Hazel apprend que le terrier de sa communauté va être détruit et convainc ses compères de fuir.
Ils partent à la recherche d'une nouvelle maison et traversent de nombreuses épreuves, la pire étant qu'il n'y a pas de femelles. Vous voyez le topo ? Ils ont oublié les nanas ! Et ce sont des lapins, je vous rappelle !!
La bande finit par retrouver des femelles et ensemble, ils forment une communauté harmonieuse à Watership Down où ils vivent heureux jusqu'à la fin de leurs jours.

Les Nus et les Morts, 1948
Norman Mailer, 1923-2007

Votre note sur 5 :

Les Nus et les Morts
Une section américaine tente de prendre une île dans le Pacifique pendant la seconde guerre mondiale.
La section est contrainte de gravir le mont Anaka mais redescend aussi sec, chassée par des frelons. Morale : les armes à feu, ça sert à rien contre les abeilles.
Les Japonais sont chassés de l'île mais pour les Américains, c'est une victoire mi-figue mi-raisin. Un peu comme quand vous embrassez votre sœur sur la bouche, trop content d'avoir roulé votre première pelle mais pas vraiment emballé par la réalité de la chose.

Les oiseaux se cachent pour mourir, 1977
Colleen McCullough, 1937-

Votre note sur 5 :

Les oiseaux se cachent pour mourir
Meggie Cleary est une jeune Australienne précoce qui tombe amoureuse de Ralph, le pasteur du coin.
Comme toute personne obsédée, Meggie suit Ralph à la trace et finit par consommer la relation. Eh oui ! La chair est faible !
Ralph, devenu cardinal, meurt peu de temps après avoir découvert que l'enfant de Meggie est de lui. Si ça se savait à Rome... Non, attendez ! Ils sont déjà au courant !

Les Trois Mousquetaires, 1844
Alexandre Dumas, 1802-1870

Votre note sur 5 :

Les Trois Mousquetaires
D'Artagnan se rend à Paris avec le rêve de devenir mousquetaire. Il y rencontre trois mousquetaires établis et ils deviennent potes.
Bien sûr il y a une femme dans l'histoire. C'est Milady, beauté sublime mais criminelle, capable de séduire tout ce qui bouge. Et c'est ce qu'elle fait tout au long du livre.
Tuez D'Artagnan.
À la fin, Milady se fait décapiter et D'Artagnan devient un mousquetaire officiel.

Les Voyages de Gulliver, 1726
Jonathan Swift, 1667-1745

Votre note sur 5 :

Les Voyages de Gulliver
Gulliver est un gars qui adore voyager. Après un naufrage, il s'échoue sur la côte de Lilliput dont les habitants sont tout petits. Mais il rentre en Angleterre entier.
Bien sûr, il repart aussi sec et ce coup-ci, il est conduit de force à Brobdingnag où les gens sont géants ! Mais, bon, il s'en sort aussi.
Il fait d'autres voyages et d'autres naufrages et passe par le pays des Houyhnhnm où les chevaux sont intelligents et les hommes débiles. À son retour, Gulliver parle aux chevaux.
Sa famille adore.

Lolita, 1955
Vladimir Nabokov, 1899-1977

Votre note sur 5 :

Lolita
Humbert, un mec avec de gros problèmes, tombe amoureux de Lolita qui n'a que 12 ans. Il se marie avec Charlotte, sa mère, pour rester proche de la fillette.
Humbert embarque Lolita dans un road trip et consomme la relation. Je vous ai déjà dit qu'il avait des " problèmes "?
Lolita quitte Humbert. Des années plus tard, Humbert la retrouve en cloque, lui soutire contre de l'argent le nom de celui pour qui elle l'a quitté et tue le type en question.
Peut-être que la thérapie, ça aurait aidé.

Moby Dick, 1851
Herman Melville, 1819-1891

Votre note sur 5 :

Moby Dick
En quête d'aventures, le jeune Ismaël embarque sur un baleinier commandé par le capitaine Achab.
Ils parcourent les mers à la recherche, non pas de baleines ordinaires, mais de LA baleine qui obnubile Achab : Moby Dick.
Mais comme avec toutes les obsessions malsaines, ça finit très mal et tout le monde meurt sauf Ismaël qui survit en flottant sur un cercueil. Bonjour l'ironie !

Mort d'un commis voyageur, 1949
Arthur Miller, 1915-2005

Votre note sur 5 :

Mort d'un commis voyageur
William Loman est un VRP plus tout jeune qui n'a jamais franchi la barre de la médiocrité.
Il se fait virer. Il devient donc un ex-VRP plus tout jeune et ses propres fils, Biff et Happy, le trouvent naze. Avec des noms pareils, on ne peut pas leur en vouloir !
Alors il se tue.

Ne tirez pas sur l'oiseau moqueur, 1960
Harper Lee, 1926-

Votre note sur 5 :

Ne tirez pas sur l'oiseau moqueur
Atticus Finch est un avocat du Sud qui défend Tom Robinson : un Noir accusé à tort d'avoir violé une Blanche.
Bien qu'Atticus prouve l'innocence de Tom, ce dernier est condamné à mort et exécuté. Qu'est-ce que vous croyez ? On est au fin fond de l'Alabama.
Les enfants d'Atticus se font attaquer par le père de la victime mais sont sauvés par Boo Radley, le voisin qui fiche les jetons. Voilà, c'était une journée comme les autres dans le Sud des États-Unis.

Notre agent à La Havane, 1958
Graham Greene, 1904-1991

Votre note sur 5 :

Notre Agent à La Havane
Wormold vend des aspirateurs à La Havane avec sa fille Milly. Il est accidentellement recruté par les Services Secrets britanniques.
Il monte toute une histoire sur un nouveau lance-roquettes à partir d'un simple schéma d'aspirateur. Une guerre d'espionnage éclate.
Wormold s'en sort, tue l'espion ennemi et les Anglais sont bien embêtés alors ils décident de le décorer dès son retour à Londres. Tout ça pour des aspirateurs.

Notre-Dame de Paris, 1831
Victor Hugo, 1802-1885

Votre note sur 5 :

Notre-Dame de Paris
Esméralda est accusée de meurtre à tort et retenue prisonnière dans la cathédrale de Notre-Dame par l'archidiacre Claude Frollo qui est obsédé par sa beauté.
Claude
Comme tous les autres, Quasimodo tombe amoureux d'Esméralda et la sauve de l'exécution.
En fait, cet amour devient encore plus doux quand Quasimodo tue le méchant Frollo qui tourmente Esméralda... et qu'il disparaît.
Claude

Oliver Twist, 1839
Charles Dickens, 1812-1870

Votre note sur 5 :

Oliver Twist

Orgueil et préjugé, 1813
Jane Austen, 1775-1817

Votre note sur 5 :

Orgueil et préjugé
Les problèmes commencent quand deux jeunes célibataires anglais pleins aux as, Bingley et Darcy, s'installent dans le village de Meryton.
Darcy demande Elizabeth en mariage et celle-ci refuse parce que c'est un gros con d'Anglais super prétentieux.
Mais Elizabeth se rend compte que Darcy n'est pas un si mauvais bougre et elle accepte de l'épouser. C'est le début d'un genre nouveau et d'une longue carrière pour Hugh Grant !

Rambo, 1972
David Morrell, 1943-

Votre note sur 5 :

Rambo
Rambo est un vétéran du Vietnam qui pète un câble.
Il massacre et détruit la moitié d'une ville. Vilain Rambo !
Trautman, l'ancien chef de Rambo, finit par le tuer. Épargnant au monde de nombreux autres épisodes avec le personnage incarné par Stallone. Mais pourquoi le cinéma n'imite-t-il pas la littérature ? Bon dieu pourquoi ?

Reflets en eau trouble, 1992
Joyce Carol Oates, 1938-

Votre note sur 5 :

Reflets en eau trouble
Kelly Kelleher est prise au piège dans une voiture en train de couler.
Elle était à bord avec "Le Sénateur" qui s'est servi d'elle pour en réchapper avant de la laisser pour morte. NON, ce n'est pas Kennedy. Il n'y a pas de Kennedy dans l'histoire.
Et non, ce n'est pas Chappaquitruc non plus. Cette histoire n'a jamais eu lieu. Non, non. Jamais. Sauf que cette eau trouble, elle a rempli les poumons de Kelly et Kelly, elle est morte.
PLOPP

Robinson Crusoé, 1719

Daniel Defoe, 1659/1661-1731

Votre note sur 5 :

Robinson Crusoé
Crusoé, un type impliqué dans de nombreux naufrages, est abandonné sur une île déserte... sans télé !
Il réussit à tenir pendant plus de vingt-cinq ans mais il aurait bien aimé avoir la téloche !
Des cannibales débarquent et il sauve l'un de leurs prisonniers, Vendredi. Enfin un navire accoste et Crusoé rentre chez lui en espérant faire de son malheur une émission de télé-réalité pour la FOX.

Roméo et Juliette, 1597
William Shakespeare, 1564-1616

Votre note sur 5 :

Roméo
et
Juliette
Roméo et Juliette sont des amants maudits issus de familles ennemies. Il lui fait même la sérénade sous le balcon. Roméo est un tombeur.
Les choses se compliquent. Roméo est banni après avoir assassiné le cousin de Juliette et celle-ci feint sa propre mort.
Ça marche si bien que Roméo tombe dans le panneau et se suicide.
L'autre se réveille, le voit mort et se tue pour de bon. Bref, c'est ce qu'on appelle un quiproquo.

Route des Indes, 1924
E. M. Forster, 1879-1970

Votre note sur 5 :

Route des Indes
Cyril Fielding et le Dr Aziz sont potes dans l'Inde des années 1920 bien que le premier soit rosbif et l'autre indien.
Adela, une Anglaise, accuse Aziz à tort d'agression sexuelle lors d'une excursion aux grottes de Marabar. La tension monte.
AAAA
Bien que les plaintes contre Aziz soient retirées, c'est fini entre Cyril et lui et ça ne risque pas de s'arranger avant l'indépendance de l'Inde.

Sa Majesté des Mouches, 1954
William Golding, 1911-1993

Votre note sur 5 :

Sa Majesté des Mouches
Ralph, Porcinet (devinez qui est qui) et d'autres gars sont en rade sur une île après un accident d'avion.
Ils se séparent en groupes et la guerre éclate. Il y a des morts. Un peu comme un camp de scouts qui aurait mal tourné.
Le méchant Jack met le feu à toute l'île et du coup, la marine alertée rapplique à la rescousse.
L'officier leur fait comprendre que venant de jeunes sujets britanniques, il s'attendait à mieux.

Simetierre, 1983
Stephen King, 1947-

Votre note sur 5 :

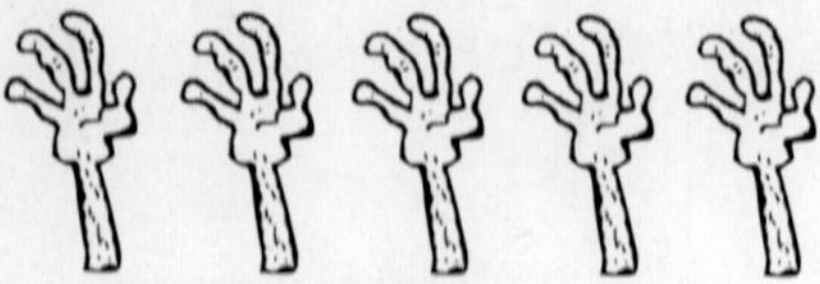

Simetierre
Louis est un homme qui a du mal avec le deuil.
D'abord il enterre son fils dans un cimetière maléfique qui ressuscite les morts. Et ô surprise ! Son fils revient mais il est mauvais et il faut le tuer.
Et est-ce qu'il retient la leçon, notre Louis ? Ben non. Il y enterre aussi sa femme qui ressuscite et qui le soûle. Mais genre comme du Britney Spears en boucle.
Il serait temps que Louis comprenne et avance...
Chéri...

Smilla et l'amour de la neige, 1992
Peter Høeg, 1957-

Votre note sur 5 :

Smilla et l'amour de la neige
Smilla enquête sur la mort d'un jeune garçon nommé Isaiah qui est tombé d'un toit enneigé de Copenhague.
Elle apprend que la clef du secret se trouve dans une île gelée près du Groenland et embarque sur un brise-glace pour percer le fond du mystère.
Sur cette île, elle découvre qu'un météore est à l'origine de l'accident. Elle est pourchassée par des gens qui veulent garder l'incident secret, et regrette de ne pas avoir été en Jamaïque à la place.

Sur la route, 1957

Jack Kerouac, 1922-1969

Votre note sur 5 :

Sur la route
Sal Paradise trace sa route en Amérique et prend son pied où il peut.
Il rencontre Dean Moriarty et tous les deux deviennent comme cul et chemise.
Dean largue Sal au Mexique dans un nuage de fumée de cannabis. Sal retourne à New York et ses aventures se terminent comme la dernière taffe du dernier pétard.

Thérèse Raquin, 1867
Émile Zola, 1840-1902

Votre note sur 5 :

Thérèse Raquin
Thérèse est mariée de force à son repoussant cousin Camille.
Elle est malheureuse avec ce pauvre type, ce fils à sa mère. Alors elle fricote avec Laurent, un pote de Camille qui a la win (et qui ne peut plus se payer de prostituées). Tous les deux noient Camille.
Ce qui est très gai, c'est qu'ils se font harceler par la mère de Camille donc ils décident de la tuer aussi et de s'entre-tuer après. Mais à la dernière minute, ils préfèrent juste se suicider. Beaucoup moins glauque en effet.

Trois hommes dans un bateau, 1889
Jerome K. Jerome, 1859-1927

Votre note sur 5 :

Trois hommes dans un bateau
Trois mecs décident de partir en bateau sur la Tamise parce que ça peut être marrant.
Il se met à pleuvoir et leur pique-nique est foutu. Ha ! Trop drôle.
Alors ils rentrent, mais en chemin ils s'arrêtent au pub ! Hilarant.

Ulysse, 1922
James Joyce, 1882-1941

Votre note sur 5 :

Ulysse
Chaque jour devrait commencer par un bon petit déjeuner. Alors pourquoi ne pas commencer l'un des plus grands livres de la littérature par le petit déj' de Leopold Bloom et Stephen Dedalus à Dublin ?
En bons Irlandais, Leopold et Stephen finissent par se retrouver pour aller boire des coups. Et entre-temps il y a aussi 800 pages de prose très importante.
Après un petit crochet par le bordel, Stephen largue Leopold chez lui. Et c'est Molly, la femme de Leopold, qui conclut le livre en oubliant de ponctuer ses phrases pendant genre des millions de pages.

Vingt mille lieues sous les mers, 1870
Jules Verne, 1828-1905

Votre note sur 5 :

Vingt mille lieues sous les mers
Le Professeur Arronax, scientifique français, part en expédition pour exterminer un monstre marin.
Or, ce monstre est en fait le sous-marin commandé par le capitaine Nemo. Arronax est capturé.
Mais il s'enfuit avec deux autres prisonniers et au moment où ils atteignent les côtes norvégiennes, le sous-marin est aspiré dans un tourbillon.

Vol au-dessus d'un nid de coucou, 1962
Ken Kesey, 1935-2001

Votre note sur 5 :

Vol au-dessus d'un nid de coucou
Randle McMurphy est transféré de la prison à l'asile psychiatrique et la fête peut commencer.
McMurphy réussit même à faire dépuceler Billy Bibbit le bègue mais ça ne plaît pas à Miss Ratched, l'infirmière en chef. Elle menace de tout raconter à la mère de Billy et du coup, celui-ci se suicide. Alors McMurphy essaie d'étrangler Ratched.
McMurphy subit une lobotomie et Chef, patient, ami et narrateur, l'étouffe par pitié avant de prendre la fuite.

Watchmen, 1986-1987
Alan Moore, 1953-

Votre note sur 5 :

Watchmen
Le Comédien, un super-héros, est assassiné. Pas super comique.
Le Hibou et Rorschach (celui qui a des problèmes d'acné) découvrent les manigances de Veidt pour détruire New York à l'aide d'une vile créature.
Ouaip, New York est ravagé et les puissances mondiales s'unissent pour venir à bout de la créature. Mais ne vous en faites pas, tout va bien dans le New Jersey. En fait, tout le monde s'en fout, c'est ça ?

INDEX 

(Cochez les livres que vous avez lus)

Si vous retournez l'ouvrage,
c'est pareil, mais encore mieux,
avec des films.

Si vous retournez l'ouvrage,
c'est pareil, mais encore mieux,
avec des livres.

INDEX

(Cochez les films que vous avez vus)